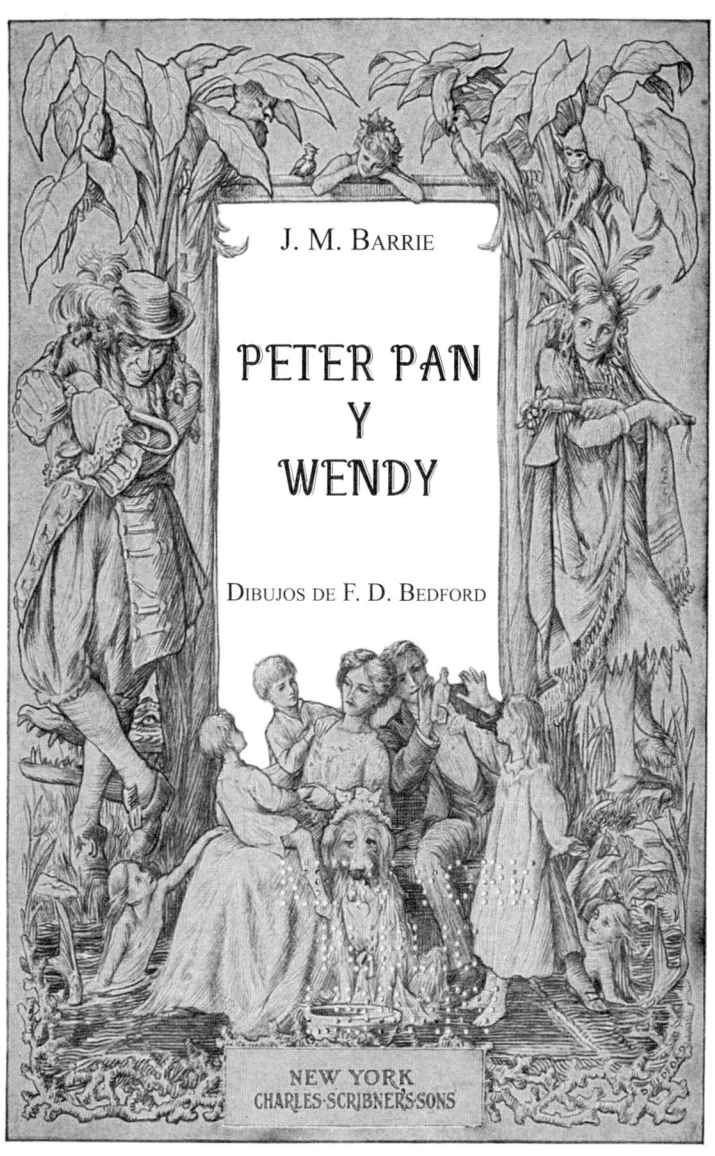

J. M. BARRIE

PETER PAN Y WENDY

DIBUJOS DE F. D. BEDFORD

NEW YORK
CHARLES·SCRIBNER'S·SONS

Título: Peter Pan y Wendy
Título original: *Peter and Wendy*
Autor: J. M. Barrie

© Edimat Libros, SA
C/ Primavera, 10, nave 35
28500 Arganda del Rey
Madrid-España
www.edimat.es

Traducción: María Jesús Sevillano Ureta
Diseño e ilustraciones de cubierta: Karakachoff Estudio
Ilustración de cubierta: Andrés Nancul para Karakachoff Estudio

ISBN: 978-84-9794-657-5
Depósito Legal: M-26320-2024

Impreso en España - *Printed in Spain*

INTRODUCCIÓN

El escritor escocés James Matthew Barrie, conocido como J. M. Barrie, nació en Kirriemuir, al norte de Escocia, el 9 de mayo de 1860. Fue el noveno de los diez hijos de un matrimonio escocés de clase trabajadora. Su padre, David Barrie, era un tejedor manual relativamente próspero que junto a su madre, Margaret Ogilvy, logró brindar a sus hijos una buena educación. Alexander, el mayor de los hermanos, se había graduado con honores en la Universidad de Aberdeen. El segundo hijo, David, mostraba condiciones que hacían prever a su madre aún mayores logros, pero murió poco antes de cumplir catorce años a causa de una caída mientras patinaba sobre hielo, cuando James tenía seis.

Los efectos que la muerte de David produjeron en su madre fueron terribles, se convirtió en una persona desequilibrada, autoritaria e inflexible. Fueron descritos con amplitud por el propio J. M. Barrie años después. De resultas de aquella muerte, la madre ignoró por completo a su hijo menor, y el padre, por su parte, y como era habitual en las familias de la Inglaterra de la época, mantuvo en todo momento la distancia emocional con su hijo; esto hacía que el niño James no fuese feliz y sintiera una profunda tristeza. Esto probablemente le ocasionó un enanismo psicogénico, pues dejó de crecer y no se desarrolló en la pubertad, llegando a la edad adulta con una altura de 1,47 metros.

En la biografía novelada *Margaret Ogilvy: By Her Son (Margaret Ogilvy, por su hijo)* dedicada a su hermana Jane Ann, aborda en detalle los sentimientos y emociones del niño James, sus estrategias para lograr mejorar el estado de profunda depresión en el que su madre había caído, y sus intentos de ofrecerse como una especie de sustituto del muchacho muerto. A medida que transcurrían las semanas, James y su madre fortalecieron su vínculo a partir del intercambio de historias y relatos, imaginarios en parte en el caso del niño y referidos al pasado del pueblo y la familia, en el caso de Margaret. La lectura constituyó otro vínculo entre ambos. Eventualmente, Margaret sugirió a su hijo que escribiera las historias que le relataba.

Entre 1873 y 1878 asistió a la Dumfries Academy, donde realizó sus estudios. Al terminar, se inscribió en la Universidad de Edimburgo, donde colaboró con el periódico *Edinburg Evening Courant* hasta que finalizó sus estudios superiores en 1882. Trabajó durante dos años como periodista en el *Nottingham Journal* y se trasladó a Londres, atraído por el brillo de sus círculos culturales. James siguió redactando notas y artículos para varios periódicos, a la vez que escribía ficción y teatro. Hacia 1892, con seis libros ya publicados, empezó a abandonar sus trabajos periodísticos. Se movió en entornos literarios y tuvo amistad con escritores como George Bernard Shaw, Arthur Conan Doyle, Thomas Hardy y George Meredith, entre muchos otros. Con Robert Louis Stevenson, que se encontraba en Samoa, mantuvo una extensa correspondencia, pero nunca se conocieron personalmente.

En 1894 se casó con la actriz inglesa Mary Ansell, pero la relación no prosperó y la pareja se separó en 1909 cuando James se enteró de que Mary tenía un amante. Al parecer, el matrimonio no tenía hijos por no darse vida sexual alguna entre ellos. Después del divorcio, se formó en torno al escritor la imprecisa leyenda que le presentó como un Peter Pan envejecido y dulcemente desengañado, con algo de sabio y de gnomo, siempre con la taciturna pipa y llevado por la realidad a una paz modesta y gris.

Ambientó sus primeras novelas en el pueblo ficticio de Thrums, inspirado en el pueblo de su nacimiento Kirriemuir. Sus novelas de Thrums tuvieron un éxito enorme cuando se publicaron. La serie comenzó con *Idilios de Auld Licht* (1888), seguida de *Una ventana en Thrums* (1889) y *El pequeño ministro* (1891), dramatizada en 1897 y llevada al cine en 1913, 1922 y 1934. También tuvo mucho éxito con sus dos novelas con el personaje Tommy: *El sentimental Tommy* (1896) y *Tommy y Grizel* (1902), que tratan de temas mucho más directamente relacionados con lo que acabaría por convertirse en Peter Pan.

Desde 1890 escribió obras teatrales: en 1891, *El espectro de Ibsen,* una parodia de *Espectros,* de Henrik Ibsen, que acababa de representarse en Inglaterra. La obra de Barrie se estrenó en mayo en Londres. Parecía que James apreciaba los méritos de Ibsen, incluso el traductor habitual del autor al inglés disfrutó con el humor de la obra y la recomendó. Junto con otros autores teatrales, Barrie estuvo implicado en los intentos de 1909 y de 1911 de desafiar la censura impuesta por lord Chamberlain sobre la producción teatral en Londres. A principios del siglo XX, fueron llevadas a escena sus obras teatrales más auténticamente suyas *Quality Street* (1901), *El admirable Crichton* (1902) y *Lo que toda mujer sabe* (1908), imbuídas con delicados matices sobre uno de los tonos más constantes del espíritu inglés: la nostálgica melancolía en forma de humor. Su última obra teatral, *El niño David* (1936), dramatizaba la historia bíblica del rey Saúl y del joven David.

En 1897 había conocido al matrimonio formado por Arthur Llewelyn Davies y Sylvia du Maurier, tía de las que llegaron a ser famosas escritoras Angela y Daphne du Maurier, y a los tres hijos que tenían por entonces: George, John y Peter. Michael nacería en 1900 y Nicholas en 1903. Barrie entró en contacto con la familia en 1897 al conocer a George y a John en los Jardines de Kensington de Londres, donde solía ir mientras paseaba a su perro Porthos. Conoció a Sylvia tiempo después, en un encuentro casual durante una cena. Se hizo amigo íntimo de la familia. James sentía mucho afecto por todos ellos, a quienes llegó a considerar su verdadera familia, aunque conectó de manera muy especial con Peter y con Michael. El nacimiento de este último fue plasmado por James en una novela que llamó *El pajarito blanco,* donde aparece por primera vez un personaje llamado Peter Pan, que era capaz de volar gracias a su imaginación y al polvo de hadas.

Arthur Llewelyn Davies murió en 1907 y James se hizo cargo de la familia en el terreno económico. Mantuvo una relación muy estrecha con Sylvia y fue como un segundo padre para los niños. En 1910, al morir Sylvia de un cáncer de mama, se convirtió en custodio de los chicos (pero no llegó a adoptarlos legalmente nunca). En su testamento, Sylvia dejó expresado su deseo de que sus hijos quedaran el cuidado compartido de James, de su madre Emma du Maurier y de su hermano Guy de Maurier. En el testamento, Sylvia estipuló que Mary Hodgson debía continuar siendo la niñera, ayudada por su hermana Jenny Hodgson. Barrie, que se llevaba mal con Mary Hodgson, falsificó o malinterpretó esta parte, tomando el nombre Jenny por Jimmy, como lo llamaba la familia Llewelyn Davies. De todas maneras, estaba claro que James era el único que disponía de tiempo y de recursos suficientes para mantener a los niños, y la madre no quería que tuviesen que repartirse entre los parientes.

Más adelante James sufrió muy intensamente la muerte de dos de aquellos niños: George, que murió en 1915 de servicio durante la Primera Guerra Mundial, y en 1921, Michael, con el que se escribía a diario, murió ahogado en Oxford en lo que posiblemente fue un suicidio. Mucho más tarde, otro de los hermanos, Peter, su ahijado, publicó su propio libro, *Morgue,* en el que incluyó mucha información familiar y comentarios sobre James. A los sesenta y tres años, Peter Llewelyn Davies se suicidó arrojándose ante uno de los trenes del Metro de Londres.

La relación de Barrie con los niños Llewellyn Davies ha despertado serias sospechas sobre su pedofilia. Esto ha sido negado por la mayoría de los biógrafos ingleses, que argumentan que no hay pruebas que sostengan esa afirmación, ni evidencia alguna de que ocurrieran cosas sospechosas. El hermano menor, Nicholas, negó rotundamente que Barrie se hubiese comportado alguna vez de manera deshonesta. Sin embargo, párrafos de su novela *El pajarito blanco* podrían mostrarlo como un posible pedófilo, según la definición actual de pedofilia.

Barrie ya era un autor consagrado cuando tuvo lugar el estreno triunfal de su obra *Peter Pan or the Boy Who Would Not Grow (Peter Pan o el niño que no quería crecer).* Para entonces, el pequeño Michael cayó enfermo, y para distraerlo Barrie decidió organizar una espectacular función especialmente para él con la colaboración de algunos de sus amigos. El autor escocés escribiría entonces una secuela de su obra en la que el protagonista, el hermano de Peter Pan, era un chico llamado precisamente Michael. Al final, en 1911 Barrie decidió unir ambos textos y convertir la obra teatral en una novela, a la que tituló *Peter Pan y Wendy.*

El personaje de Peter Pan acabó por convertirse muy pronto en un clásico y su fama traspasó fronteras. En 1912, el escultor George Frampton decidió realizar una estatua de Peter Pan como homenaje al escritor en los Jardines de Kensington, en Londres, donde fue instalada en secreto por la noche (probablemente porque no estaba permitido utilizar esa zona del parque) para la festividad de los mayos de ese año. Pero, en contra de lo que podría parecer, este hecho provocó el desagrado del escritor, que tuvo su origen en un desacuerdo con el artista. En realidad, Barrie quería que Frampton hubiera tomado como modelo para su escultura al pequeño Michael, y para ello le envió una fotografía del niño vestido de Peter Pan. Pero el escultor decidió escoger a otro niño, lo que disgustó a Barrie. Cuando éste pudo ver la obra al fin terminada, afirmó, insatisfecho, que *en ningún caso Frampton había sabido transmitir ni el demonio ni el verdadero espíritu que ocultaba en su interior* el singular personaje de Peter Pan. De esa escultura existen siete copias repartidas por el mundo.

En 1913, el rey Jorge V le concedió el título de «baronet» (el grado nobiliario más inferior, exclusivamente británico), y en 1922 le concedió la Orden del Mérito, que anteponía la palabra «sir» a su nombre, «en reconocimiento a sus servicios a la Literatura y al Teatro». Barrie gozó de una ancianidad tranquila y abundante en amistades y honores, pero su mundo de ensueño fue transformándose, hasta *Querido Bruto (Dear Brutus,* 1917) y *Mary Rose* (1920), en otro espectral y triste, poblado de impotentes y dolorosos fantasmas, habitantes de una realidad árida, desangelada y cruel. James Barrie murió de neumonía el 19 de junio de 1937 y está enterrado en Kirriemuir junto a sus padres, a su hermana y su hermano David, el que murió en el accidente justo antes de cumplir catorce años. Antes de su muerte, en 1929 especificó que los derechos de autor de las obras de Peter Pan debían entregarse al Great Ormond Street Hospital de Londres, el principal hospital infantil del país, que continúa beneficiándose de ellos, aunque con varias disputas legales.

PETER PAN

Había una vez una niña muy buena llamada Wendy, que tenía tres hermanitos, y para que éstos se durmieran solía contarles historias muy bonitas. La noche en que comienza nuestro cuento les contaba las aventuras de Peter Pan [...]. Siempre está haciendo buenas obras, y sabe volar, y le acompaña Campanilla, que es una niña con alas de mariposa, tan pequeña que cabe en la palma de la mano, y además vive en un país maravilloso, que se llama la isla de Nunca Jamás... Así empieza la historia fantástica de *Peter Pan,* la creación literaria más conocida de Barrie.

Peter Pan fue representado por primera vez el 27 de diciembre de 1904. Esta obra popularizó el nombre *Wendy,* que no fue inventado por Barrie como suele creerse, ya que en siglos anteriores había sido aplicado a niños, incluso usado como apellido, y, a mediados del siglo XIX, en niñas. Es posible que, en el caso de Barrie, el nombre se le ocurriera por una niña pequeña que tenía dificultad para pronunciar la «r» y al llamar *Friendy* (amigo) a Barrie, pronunciaba «Fwendy».

Pero aunque pueda parecer sorprendente, ahora se cree que el personaje de Peter Pan no era en un principio tan amistoso ni tan agradable como podría parecer. En diciembre de 2019 se publicó un manuscrito original del autor en el que este muestra a su protagonista de una manera bastante distinta a la edulcorada que presentaría Disney en 1953 (¿asesinaba a los Niños Perdidos de la isla para que no crecieran? ¿Odiaba profundamente a los adultos?). La editorial francesa SP Books imprimió tan sólo mil copias de este nuevo manuscrito, de puño y letra del propio Barrie.

George Bernard Shaw describió la obra *Peter Pan* como «ostensiblemente un entretenimiento vacacional para niños, pero en realidad es una obra para personas adultas» y sugirió profundas alegorías sociales en ella. Las escenas muestran las restricciones sociales de la realidad doméstica de clase media de finales de la época victoriana, en contraste con *El País de Nunca Jamás,* un mundo donde la moralidad es ambivalente. La confrontación entre el mundo real y el de fantasía que aparece en el libro, la negativa de Peter Pan a hacerse mayor, su decisión de quedarse en la Tierra de Nunca Jamás, el papel que asume Wendy como madre de los Niños Perdidos y su decisión final de regresar a casa junto a sus hermanos han convertido a esta famosa novela en objeto de estudio y no sólo por parte de los críticos literarios, sino también por parte de psicólogos y psiquiatras. La historia de un niño que vive en una isla hecha de fantasía como líder de una pandilla de niños huérfanos, las hadas, los piratas y los indios que aparecen en ella han convertido la novela de Barrie en un clásico de la literatura universal que ha entrado a formar parte del imaginario infantil.

¿Y qué hay de los personajes que aparecen en *Peter Pan?* De hecho, en la historia original de Barrie, los Niños Perdidos eran niños que habían sido abandonados por sus padres o que quedaron huérfanos tras la muerte de sus progenitores. Gracias a que Peter Pan y el hada Campanilla los adoptaban, estos niños lograban llegar al País de Nunca Jamás, aunque debían hacer frente a una prohibición que no podían transgredir de ningún modo: no podían crecer nunca. Cómo se evitaba este extremo es algo que sigue desconcertando a los críticos. *Los chicos de la isla varían, por supuesto, en número según van muriendo. Cuando parece que están creciendo —lo cual va contra las reglas—, Peter se deshace de ellos, pero en ese momento había seis de ellos, contando a los gemelos como dos,* narra Barrie en el libro.

Otro punto que ha despertado curiosidad es el significado del apellido de Peter, que algunos dicen que podría buscarse en el dios griego Pan, una divinidad burlona que disfrutaba asustando a los viajeros (la palabra «pánico» deriva precisamente del nombre de este dios griego). A pesar de todo, la mayoría de críticos opina que lo que realmente quería comunicar el autor escocés con su obra era la necesidad de no olvidar al niño interior que todos llevamos dentro.

PETER PAN Y WENDY

CAPÍTULO PRIMERO

Aparece Peter

THE NEVER NEVER LAND

El País de Nunca-Jamás.

Todos los niños crecen, excepto uno. Pronto saben que crecerán, y la forma en la que Wendy lo supo fue ésta. Un día, cuando tenía dos años, estaba jugando en un jardín, arrancó otra flor y corrió con ella hacia su madre. Supongo que debía de tener un aspecto encantador, porque la señora Darling se llevó la mano al corazón y exclamó: «¡Oh, por qué no puedes quedarte así para siempre!». Eso fue todo lo que se habló sobre el asunto, pero a partir de entonces Wendy supo que tenía que crecer. Siempre lo sabes después de los dos años. Dos es el principio del fin.

Por supuesto, vivían en el número 14, y hasta la llegada de Wendy, su madre era la persona principal de la casa. Era una dama encantadora, de mentalidad romántica y una dulce boca burlona. Su mente romántica era como una de esas diminutas cajas, una dentro de otra, que vienen del desconcertante Oriente; por muchas que descubras siempre hay una más; y en su dulce boca burlona había un beso que Wendy nunca podía conseguir, aunque estaba allí, perfectamente visible en la comisura derecha.

El modo en el que el señor Darling la conquistó fue el siguiente: los numerosos caballeros que habían sido muchachos cuando ella era una jovencita descubrieron todos al mismo tiempo que la amaban, y corrieron a su casa para pedirle matrimonio, excepto el señor Darling, que tomó un coche de alquiler y llegó el primero, y así la consiguió. Lo consiguió todo de ella, salvo la cajita más interior y el beso. Wendy creía que Napoleón podría haberlo logrado, pero me le imagino intentándolo, y luego marchándose en un arrebato de ira, dando un portazo al cerrar la puerta.

El señor Darling solía jactarse ante Wendy de que su madre no sólo le amaba sino que también le respetaba. Era una de esas personas que saben de acciones y participaciones. Por supuesto, nadie sabe realmente, pero él parecía saber, y a menudo decía de tal manera que las acciones habían subido o bajado que habría hecho que cualquier mujer le respetara.

La señora Darling se casó de blanco y, al principio, llevaba los libros de cuentas a la perfección, casi con alegría, como si se tratase de un juego, no le faltaba ni una col de Bruselas; pero poco a poco desaparecieron las coles enteras, y en su lugar había dibujos de bebés sin rostro. Los dibujaba cuando debería haber estado sumando cuentas. Eran los presentimientos de la señora Darling.

Por fin llegó Wendy, luego John, y después Michael.

Durante una o dos semanas después de la llegada de Wendy, dudaban de si podrían mantenerla, pues suponía otra boca que alimentar. El señor Darling estaba orgullosísimo de ella, pero era muy honesto, y se sentó al borde de la cama de la señora Darling, sosteniéndole la mano y calculando gastos, mientras ella le miraba implorante. Ella deseaba arriesgarse, pasara lo que pasase, pero él no actuaba de esa manera; su modo de hacerlo era con un lápiz y un trozo de papel, y si ella le confundía con sugerencias, tenía que empezar de nuevo desde el principio.

—No me interrumpas —le rogaba—. Aquí tengo una libra con diecisiete, y dos con seis en la oficina; puedo prescindir de mi café en la oficina, digamos diez chelines, que suman dos libras, nueve chelines y seis peniques, con tus dieciocho con tres suman tres libras, nueve chelines y siete peniques... ¿quién está moviéndose?... ocho, nueve, siete, punto y me llevo siete... no hables, cariño... y la libra que prestaste a ese hombre que vino a la puerta... calla, niña... punto y me llevo niña... ¡Ya está mal!... ¿he dicho nueve libras, nueve chelines y siete peniques? Sí, he dicho nueve libras, nueve chelines y siete peniques; la cuestión es si podemos probar durante un año con nueve libras, nueve chelines y siete peniques.

—¡Claro que podemos, George! —exclamó. Pero ella estaba predispuesta a favor de Wendy, y él era realmente el que infundía respeto de los dos.

—Acuérdate de las paperas —le advirtió de un modo casi amenazador, y se puso a calcular de nuevo—. Las paperas una libra, eso es lo que he puesto, pero me atrevería a decir que se acercarán más a treinta chelines... no hables... sarampión una con quince, rubeola media guinea, eso hacen dos libras, quince chelines y seis peniques... no muevas el dedo... tos ferina, digamos quince chelines—; y así sucesivamente, y cada vez sumaba una cantidad diferente; pero finalmente,

Wendy consiguió aprobar, con las paperas reducidas a doce chelines con seis peniques, y el sarampión y la rubeola tratados como una sola enfermedad.

Se produjo la misma expectación con John, y Michael aprobó por los pelos; pero se quedaron con ambos, y pronto se pudo ver a los tres yendo en fila al jardín de infancia de la señorita Fulsom, acompañados de su niñera.

A la señora Darling le encantaba tenerlo todo bien dispuesto, y al señor Darling le apasionaba ser exactamente como sus vecinos; así que, por supuesto, tenían niñera. Como eran pobres, debido a la cantidad de leche que bebían los niños, la niñera era una remilgada perra de Terranova, llamada Nana, que no había pertenecido a nadie en particular hasta que los Darling la emplearon de niñera. No obstante, ella siempre había pensado que los niños eran importantes, y los Darling la habían conocido en los jardines de Kensington, donde pasaba la mayor parte de su tiempo libre asomándose a los cochecitos, y era muy odiada por las niñeras descuidadas, a las que seguía a sus casas y de la que las niñeras se quejaban a sus señoras. Demostró ser un tesoro como niñera. ¡Qué meticulosa era a la hora del baño, y se levantaba en cualquier momento de la noche si alguno de sus pupilos lloraba lo más mínimo! Por supuesto, su perrera estaba en la habitación de los niños. Tenía un don para saber cuándo no hay que tener paciencia con una tos y cuándo es necesario cubrir la garganta. Hasta su último momento creyó en remedios anticuados como la hoja de ruibarbo, y gruñía con desprecio ante todas aquellas charlas nuevas sobre gérmenes y demás. Era una lección de decoro verla escoltar a los tres niños a la escuela, caminando tranquilamente a su lado cuando se portaban bien, y empujándoles de nuevo hacia la fila si se desviaban. Cuando John comenzó a ir andando, jamás se olvidó de su jersey, y solía llevar un paraguas en la boca por si llovía. Había una sala en el sótano de la escuela de la señorita Fulsom donde esperaban las niñeras. Se sentaban en bancos, mientras que Nana se tumbaba en el suelo, pero esa era la única diferencia. Ellas fingían ignorarla como si perteneciera a una clase social inferior a la suya, y ella despreciaba su charla liviana. Le molestaban las visitas que las amigas de la señora Darling realizaban al cuarto de los niños, pero si llegaban, lo primero que hacía era quitar el delantal a Michael y ponerle el de cordoncillo azul, alisaba la ropa de Wendy y se apresuraba a atusar el pelo de John.

Ningún cuarto de niños podría haberse dirigido de manera más correcta, y el señor Darling lo sabía; sin embargo, a veces se preguntaba inquieto si hablarían de aquello los vecinos.

Tenía que considerar su posición social en la ciudad.

Nana también le preocupaba en otro aspecto. Algunas veces tenía la sensación de que ella no le admiraba. «Sé que te admira muchísimo, George», le aseguraba la señora Darling, y luego les hacía señas a los niños para que fuesen especialmente amables con su padre. Después seguían alegres bailes, en los que a veces se permitía que la única otra criada, Liza, se uniera a ellos. Parecía una enana con su falda larga y su cofia de doncella, aunque había jurado, cuando la contrataron, que no volvería a cumplir los diez. ¡Qué alegres eran aquellas diversiones! Y la más alegre de todos era la señora Darling, quien hacía piruetas de un modo tan animado que lo único que podía verse de ella era el beso, y si en ese momento uno se hubiese abalanzado sobre ella, podría haberlo conseguido. Jamás existió una familia más sencilla y más feliz hasta que llegó Peter Pan.

La señora Darling oyó hablar de Peter por primera vez mientras ordenaba las mentes de sus hijos. Es costumbre de toda buena madre, por la noche, cuando sus hijos ya están dormidos, hurgar en sus mentes y poner las cosas en orden para la mañana siguiente, volviendo a colocar en sus lugares apropiados las numerosas cosas que han deambulado durante el día. Si pudierais permanecer despiertos (pero, por supuesto, no podéis) veríais a vuestra propia madre haciendo esto, y descubriríais que resulta muy interesante observarla. Es como si ordenara cajones. La veríais de rodillas, supongo, deteniéndose divertida en algunos de vuestros contenidos, preguntándose de dónde habíais sacado tal cosa, haciendo descubrimientos adorables y no tan adorables, apretando esto contra su mejilla como si fuese tan agradable como un gatito, y apartando rápidamente aquello otro de la vista. Cuando os despertáis por la mañana, las travesuras y los arrebatos con los que os fuisteis a la cama se han doblado y colocado en el fondo de vuestra mente, y en la parte superior, bellamente aireados, están esparcidos vuestros pensamientos más bonitos, listos para que os los pongáis.

No sé si habéis visto alguna vez un mapa de la mente de una persona. A veces los médicos dibujan mapas de otras partes de vuestro cuerpo, y vuestro propio mapa puede resultar realmente interesante, pero sorprendedle intentando dibujar el mapa de la mente de un niño, que no sólo es confusa, sino que no para de dar vueltas todo el tiempo. Hay líneas zigzagueantes, como el gráfico de vuestra temperatura, y probablemente se trate de carreteras de la isla, pues el País de Nunca Jamás siempre tiene forma más o menos de una isla, con asombrosas salpicaduras de color aquí y allá, y arrecifes de coral, y embarcaciones de aspecto abandonado a la vista, y salvajes guaridas solitarias, y gnomos que en su mayoría son sastres, y cuevas por las que corre un río, y príncipes con seis hermanos mayores, y una cabaña que se deteriora rápidamente, y una anciana muy pequeña con nariz aguileña. Resultaría un mapa sencillo si eso fuese todo, pero también está el primer día de colegio, la religión, los padres, el estanque redondo, la costura, asesinatos, ahorcamientos, verbos que llevan dativo, el día del pudin de chocolate, ponerse tirantes, decir la tabla del nueve, tres peniques por sacarse un diente uno mismo, y demás cosas que, o bien son parte de la isla o son un mapa que se muestra a través de otro, y todo resulta bastante confuso, sobre todo porque nada permanece quieto.

Por supuesto, el País de Nunca Jamás varía mucho. El de John, por ejemplo, tenía una laguna con flamencos volando sobre ella a los que John disparaba; mientras que Michael, que era muy pequeño, tenía un flamenco con lagunas que volaban sobre él. John vivía en un bote puesto boca abajo en la arena, y Michael en una tienda india; Wendy en una casa de hojas hábilmente cosidas. John no tenía amigos, Michael tenía amigos por la noche, Wendy tenía de mascota a un lobo abandonado por sus padres, pero en general, las tierras de Nunca Jamás tienen un parecido familiar, y, si se pusiesen en fila, se podría decir de ellas que tienen la misma nariz, entre otras cosas. A estas mágicas costas llegan los niños en sus barcas de remos cuando juegan. Nosotros también hemos estado allí; aún podemos oír el ruido del oleaje, aunque ya no desembarcaremos más allí.

De todas las deliciosas islas, la del País de Nunca Jamás es la más acogedora y comprimida, no es grande ni extensa, ya sabéis, con tediosas distancias entre una aventura y otra, sino que todo está agradablemente apiñado. Cuando juegas en ella durante el día con las sillas y el mantel, no es en absoluto alarmante, pero dos minutos antes de irte a dormir se vuelve muy real. Por eso hay lamparillas de noche.

De vez en cuando, en los viajes por las mentes de sus hijos, la señora Darling hallaba cosas que no era capaz de comprender, y de todas ellas la que más le desconcertaba era la palabra Peter. No conocía a ningún Peter y, sin embargo, estaba aquí y allá en las mentes de John y de Michael, mientras que en Wendy empezaba a estar garabateado. El nombre destacaba en letras más marcadas que cualquiera de las demás palabras, y mientras la señora Darling lo contemplaba, le daba la impresión de que tenía un aspecto extrañamente engreído.

—Sí, es bastante engreído —admitió Wendy con pesar. Su madre había estado interrogándola.

—Pero, ¿quién es, cariño?

—Es Peter Pan, ya sabes, mamá.

Al principio la señora Darling no lo sabía, pero después de pensar en su infancia, sólo recordó a un Peter Pan del que se decía que vivía con las hadas. Se contaban extrañas historias sobre él, como que cuando morían niños, él recorría parte del camino con ellos para que no tuviesen miedo. Ella había creído en él en ese momento, pero ahora que estaba casada y llena de sentido común, dudaba mucho de que tal persona existiera.

—Además —dijo a Wendy—, ya habría crecido.

—Oh, no, no ha crecido —le aseguró Wendy convencida—, es de mi tamaño.

Ella quería decir que era de su mismo tamaño tanto de mente como de cuerpo; no sabía cómo lo sabía, sólo lo sabía.

La señora Darling lo consultó con el señor Darling, pero él sonrió desestimando aquello.

—Escucha lo que te digo —dijo—, es alguna tontería que Nana les ha estado metiendo en la cabeza; justo la clase de idea que tendría un perro. Déjalo estar y se pasará.

Pero no se pasaría, y no tardó el molesto muchacho en darle un susto a la señora Darling.

Los niños corren las aventuras más extrañas sin que les afecten. Por ejemplo, puede que se acuerden de mencionar, una semana después de haber sucedido un acontecimiento, que cuando estuvieron en el bosque se habían encontrado con su difunto padre y habían jugado con él. De ese modo tan casual fue como una mañana Wendy hizo una revelación inquietante. Se habían encontrado unas hojas de árbol en el suelo del cuarto de los niños, las cuales, ciertamente, no se hallaban allí cuando se acostaron ellos, y la señora Darling las estaba mirando desconcertada cuando Wendy dijo con una sonrisa indulgente:

—¡Creo que es ese Peter otra vez!

—¿Qué quieres decir, Wendy?

—Es un mal comportamiento por su parte no limpiarse los pies —dijo Wendy suspirando. Ella era una niña muy pulcra.

Le explicó con bastante naturalidad que pensaba que Peter entraba en el cuarto por la noche, se sentaba a los pies de su cama y tocaba la flauta para ella. Por desgracia, ella nunca se despertaba, de modo que no sabía cómo lo sabía, sólo lo sabía.

—¡Que tonterías dices, preciosa! Nadie puede entrar en casa sin llamar a la puerta.

—Creo que entra por la ventana —dijo Wendy.

—Mi amor, está tres pisos más arriba.

—¿No estaban las hojas al pie de la ventana, mamá?

Era cierto; las hojas se habían encontrado muy cerca de la ventana.

La señora Darling no sabía qué pensar, pues todo le parecía tan natural a Wendy que no se podía descartar diciendo que había estado soñando.

—Hija mía —exclamó la madre—. ¿Por qué no me lo has dicho antes?

—Lo olvidé —dijo Wendy, sin darle importancia. Tenía prisa por desayunar.

Oh, seguro que debe de haber estado soñando.

Pero, por otra parte, allí estaban las hojas. La señora Darling las examinó con mucha atención; eran nervaduras de hojas, pero estaba segura de que no procedían de ningún árbol que creciera en Inglaterra. Gateó por el suelo, buscando detenidamente con una vela marcas de pies extraños. Hizo sonar el atizador por la chimenea y dio golpecitos en las paredes. Dejó caer una cinta métrica desde la ventana hasta la acera, y era una caída en picado de treinta pies, sin ni siquiera una cañería por la que trepar.

Sin duda Wendy había estado soñando.

Pero Wendy no había estado soñando, como se demostró la noche siguiente, la noche en la que se podría decir que comenzaron las extraordinarias aventuras de estos niños.

La noche de la que hablamos, los niños ya estaban en la cama. Resultó que era la tarde libre de Nana, y la señora Darling les había bañado y había cantado para ellos hasta que uno a uno se fue soltando de su mano para deslizarse en el mundo del sueño.

Todos parecían tan seguros y tan a gusto que ella sonrió ante sus temores y se sentó tranquilamente junto al fuego a coser.

Era algo para Michael, quien por su cumpleaños ya se pondría camisas. Sin embargo, el fuego daba calor, y el cuarto de los niños se hallaba débilmente iluminado por las tres lamparillas de noche, y no tardó la costura en estar en el regazo de la señora Darling. Luego, empezó a dar cabezadas, oh, con qué elegancia. Estaba dormida. Mirad a los cuatro, Wendy y Michael allí, John aquí, y la señora Darling junto al fuego. Debería haber habido una cuarta lamparilla.

Mientras dormía tuvo un sueño. Soñó que el País de Nunca Jamás se había acercado demasiado y que un muchacho extraño se había abierto camino desde él. No se sintió alarmada por él, pues creía haberle visto antes en los rostros de muchas mujeres que no tienen hijos. Quizás también se encuentra en los rostros de algunas madres. Pero en su sueño él había rasgado el velo que oculta el País de Nunca Jamás, y vio a Wendy, a John y a Michael asomándose por el hueco.

El sueño en sí habría sido una nadería, pero mientras soñaba, la ventana del cuarto de los niños se abrió de golpe y un muchacho se dejó caer al suelo. Iba acompañado de una luz extraña, no más grande que un puño, que se movía con rapidez por la habitación como si fuese un ser vivo, y creo que tuvo que ser esa luz la que despertó a la señora Darling.

Se levantó de un salto y dio un grito, vio al muchacho, y en cierto modo supo de inmediato que era Peter Pan. De haber estado allí vosotros, o yo, o Wendy, nos habríamos dado cuenta de que se parecía al beso de la señora Darling. Era un muchacho encantador, vestido con nervaduras de hojas y los jugos que rezuman de los árboles, pero lo más cautivador de él era que tenía dientes de leche. Cuando vio que era una adulta, rechinó aquellas perlas.

CAPÍTULO II

La sombra

La señora Darling gritó y, como si respondiera a una llamada, la puerta se abrió y entró Nana, que regresaba de pasar su tarde libre. Gruñó y saltó hacia el muchacho, quien saltó ágilmente por la ventana. De nuevo gritó la señora Darling, esta vez angustiada por él, pues creía que se habría matado, y bajó corriendo a la calle en busca de su cuerpecito, pero no estaba allí; al mirar hacia arriba, y en la oscuridad de la noche, no vio nada salvo lo que pensó que era una estrella fugaz.

Volvió al cuarto de los niños y descubrió que Nana tenía algo en la boca, que resultó ser la sombra del niño. Tras saltar el niño por la ventana, Nana la había cerrado rápidamente, demasiado tarde para atraparle a él, pero a su sombra no le había dado tiempo salir; la ventana se cerró de golpe y se la arrancó.

Podéis estar seguros de que la señora Darling examinó la sombra detenidamente, pero era una sombra bastante corriente.

Nana no tuvo ninguna duda sobre qué era lo mejor que podía hacerse con esa sombra. La colgó de la ventana como queriendo decir: «Seguro que vuelve a por ella; vamos a ponerla en un sitio donde la pueda coger fácilmente sin molestar a los niños».

Pero, por desgracia, la señora Darling no podía dejarla colgando en la ventana; parecía la colada tendida y eso disminuía el prestigio de la casa. Pensó en mostrársela al señor Darling, pero él estaba haciendo cuentas para los abrigos de invierno de John y Michael, con una toalla húmeda alrededor de la cabeza para mantener despejado el cerebro, y le daba pena molestarle; además, sabía exactamente lo que diría: «Eso es lo que pasa por tener a un perro de niñera».

La señora Darling decidió enrollar la sombra y guardarla cuidadosamente en un cajón hasta que llegara la ocasión de decírselo a su marido. ¡Ay, Dios mío!

La oportunidad llegó una semana después, aquel viernes inolvidable. Por supuesto tenía que ser viernes.

—Debería haber tenido especial cuidado un viernes —solía decir ella después a su marido, mientras tal vez Nana se encontraba al otro lado de ella, sujetándole la mano.

—No, no —decía siempre el señor Darling—. Yo soy el responsable de todo. Yo, George Darling, lo hice. *Mea culpa, mea culpa.*

—Había estudiado a los clásicos.

Permanecían sentados noche tras noche recordando aquel fatídico viernes, hasta que cada detalle quedaba grabado en sus cerebros y salía por el otro lado como los rostros de una moneda mal acuñada.

—Si no hubiese aceptado esa invitación para cenar con los del 27 —decía la señora Darling.

—Si no hubiese vertido mi medicina en el cuenco de Nana —decía el señor Darling.

—Si hubiese fingido que me gustaba la medicina —era lo que decían los húmedos ojos de Nana.

—Mi gusto por las fiestas, George.

—Mi nefasto sentido del humor, querida.

—Mi susceptibilidad por naderías, queridos amos.

Luego uno u otro se derrumbaban por completo; Nana al pensar: «Es verdad, es verdad, no deberían tener a un perro de niñera». Más de una vez era el señor Darling el que le ponía a Nana el pañuelo en los ojos.

«¡Ese demonio!», gritaba el señor Darling, y el ladrido de Nana hacia eco de él, pero la señora Darling nunca recriminaba a Peter; había algo en la comisura derecha de su boca que deseaba que no se insultara a Peter.

Se quedaban sentados en el cuarto de los niños vacío, recordando con cariño cada pequeño detalle de aquella espantosa tarde. Había comenzado sin incidentes, como cientos de tardes, con Nana preparando el agua para bañar a Michael, a quien llevaba sobre su lomo.

—¡No quiero irme a la cama! —había gritado, como quien aún creyese tener la última palabra sobre el asunto—. No quiero, no quiero. Nana, no son las seis todavía. Oh, por favor, por favor, ya no te querré, Nana. Te digo que no quiero bañarme, ¡no quiero, no quiero!

Después había entrado la señora Darling vestida con su traje de noche blanco. Se había vestido temprano porque a Wendy le encantaba verla vestida con traje de noche, con el collar que George le había regalado. Llevaba la pulsera de Wendy en el brazo; se la había pedido prestada. A Wendy le encantaba prestarle la pulsera a su madre.

Había encontrado a sus dos hijos mayores jugando a ser ella misma y el padre con motivo del nacimiento de Wendy, y John decía: «Me complace informarle, señora Darling, de que ahora es usted madre», en el mismo tono que es posible que empleara el propio señor Darling en la ocasión real.

Wendy había bailado de alegría, como debía de haberlo hecho la verdadera señora Darling.

Luego nació John, con la extraordinaria pompa que se suponía por el nacimiento de un varón, y Michael salió de su baño para pedir nacer también, pero John le dijo despiadadamente que no querían más.

Michael casi se echó a llorar.

—Nadie me quiere —dijo, y, por supuesto, la señora vestida de traje de noche no pudo soportar eso.

—Yo sí —dijo—, yo sí quiero un tercer hijo.

—¿Niño o niña? —preguntó Michael, sin demasiada esperanza.

—Niño.

Entonces él saltó a sus brazos. Era algo insignificante para que el señor y la señora Darling, y Nana, se acordaran ahora, pero no tan insignificante si esa iba a ser la última noche de Michael en la habitación de los niños.

Continúan con sus recuerdos.

—Fue entonces cuando me precipité como un tornado, ¿verdad? —diría el señor Darling, despreciándose a sí mismo; y, en realidad, había sido como un tornado.

Quizás existiese alguna excusa para él. Él también se estaba vistiendo para la fiesta, y todo había ido bien hasta llegar a la corbata. Resulta asombroso tener que contarlo, pero este hombre, aunque sabía de acciones y participaciones, no dominaba su corbata. A veces la prenda cedía ante él sin oponerse, pero había ocasiones en las que mejor habría sido para la casa que se hubiese tragado su orgullo y hubiera usado una corbata de nudo hecho.

Esa fue una de esas ocasiones. Entró apresuradamente al cuarto de los niños con la pequeña corbata arrugada en la mano.

—¿Qué pasa, querido papá?

—¿Pasar? —aulló, porque realmente aulló—. Esta corbata, que no se ata. —Se volvió peligrosamente sarcástico—. ¡No alrededor de mi cuello! ¡Alrededor del barrote de la cama! ¡Oh, sí, veinte veces he hecho el nudo alrededor del barrote de la cama, pero no en mi cuello, no! ¡Oh, Dios mío! ¡Suplica que se la excuse!

Creyó que la señora Darling no se había impresionado lo suficiente y continuó con severidad:

—Te advierto, mamá, que si no llevo esta corbata en el cuello no saldremos a cenar esta noche, y si no salimos a cenar esta noche, jamás volveré a la oficina, y si no vuelvo a la oficina, tú y yo nos moriremos de hambre y nuestros hijos se verán en la calle.

Incluso en ese momento la señora Darling se mantuvo sosegada.

—Déjame intentarlo, querido —dijo ella, y en efecto eso era lo que había venido a pedirle que hiciera, y con sus manos tibias y agradables le hizo el nudo de la corbata, mientras los niños permanecían a su alrededor para ver cómo se decidía su destino. A algunos hombres les habría molestado que ella fuera capaz de hacerlo tan fácilmente, pero el señor Darling tenía un carácter demasiado bueno para eso; le dio las gracias con aire despreocupado, olvidó de inmediato su rabia, y al cabo de un momento estaba bailando por la habitación con Michael a cuestas.

—¡Cómo nos divertíamos! —dijo la señora Darling ahora, recordándolo.

—¡Nuestra última diversión! —gimió el señor Darling.

—Oh, George, te acuerdas cuando Michael me dijo de repente, «¿cómo me conociste, mamá?».

—¡Me acuerdo!

—Eran muy tiernos, ¿no crees, George?

—Y eran nuestros, ¡nuestros!, y ahora se han marchado.

—La diversión había terminado con la aparición de Nana, y lo más desafortunado fue que el señor Darling chocó contra ella, cubriéndose de pelos los pantalones. No sólo eran sus pantalones nuevos, sino que eran los primeros que había tenido con cordoncillo, y tuvo que morderse el labio para evitar que se le saltaran las lágrimas. Por supuesto, la señora Darling los cepilló, pero él empezó a hablar de nuevo sobre el error que habían cometido al tener un perro de niñera.

—George, Nana es un tesoro.

—Sin duda, pero a veces me da la desagradable sensación de que ve a los niños como cachorros.

—Oh no, querido, estoy convencida de que sabe que tienen alma.

—Yo me lo pregunto —dijo el señor Darling pensativo—, me lo pregunto.

Su esposa creyó que era la ocasión de hablarle del muchacho. Al principio no le dio importancia a la historia, pero se quedó pensativo cuando ella le mostró la sombra.

—No es de nadie que yo conozca —dijo, examinándola con detenimiento—, pero parece de un granujilla.

—Todavía estábamos hablando, ¿recuerdas? —dice el señor Darling—, cuando Nana entró con la medicina de Michael. No volverás a llevar el frasco en la boca, Nana, y todo es culpa mía.

A pesar de ser un hombre fuerte, no cabe duda de que se había comportado de un modo bastante insensato con la medicina. Si tenía una debilidad, era la de pensar que durante toda su vida él se había tomado la medicina con audacia, de modo que en ese momento en el que Michael esquivaba la cuchara que llevaba Nana en la boca, había dicho en tono de reproche:

—Sé un hombre, Michael.

—¡No quiero, no quiero! —lloriqueó Michael, desobedeciendo. La señora Darling salió de la habitación para traerle chocolate, y el señor Darling pensó que aquello demostraba falta de firmeza.

—Mamá, no le consientas —gritó tras ella—. Michael, cuando yo tenía tu edad me tomaba la medicina sin rechistar. Decía: «Gracias, amables padres, por darme frascos para ponerme bien».

Michael creyó que aquello era cierto, y Wendy, que ahora estaba en camisón, también lo creyó y dijo para animar a Michael:

—Esa medicina que tomas a veces, papá, es mucho más desagradable, ¿verdad?

—Mucho más desagradable, sí —dijo el señor Darling valerosamente— y yo me la tomaría ahora para darte ejemplo, Michael, si no hubiese perdido el frasco.

Él no lo había perdido exactamente. Se había encaramado a lo alto del armario en la oscuridad de la noche y lo había escondido allí. Lo que él no sabía era que la fiel Liza lo había encontrado y lo había dejado de nuevo en el lavabo.

—Yo sé dónde está, papá —exclamó Wendy, alegrándose siempre de poder ayudar—. Te lo traeré —y se marchó antes de que él pudiese retenerla. De inmediato su ánimo se hundió del modo más extraño.

—John —dijo, estremeciéndose— es esa cosa horrorosa. Es asquerosa, pegajosa y dulzona.

—Pronto acabará, papá —dijo John alegremente, y luego entró Wendy apresuradamente con la medicina en un vaso.

—He sido tan rápida como he podido —dijo jadeando.

—Has sido maravillosamente rápida —replicó su padre, con una cortesía vengativa que ella no advirtió—. Primero Michael —dijo obstinadamente.

—Primero papá —dijo Michael, que era de naturaleza suspicaz.

—Me darán ganas de vomitar, ya sabes —dijo el señor Darling en tono amenazador.

—Vamos, papá —dijo John.

—¡Calla esa lengua, John! —espetó su padre.

Wendy estaba bastante desconcertada.

—Creía que te resultaba fácil tomarla, papá.

—Esa no es la cuestión —replicó—. La cuestión es que hay más, en mi vaso que en la cuchara de Michael. —Su orgulloso corazón estaba a punto de estallar—. Y eso no es justo, lo diría aunque fuese con mi último aliento; no es justo.

—Papá, estoy esperando —dijo Michael con frialdad.

—Está muy bien decir que estás esperando; yo también estoy esperando.

—Papá es un cobarde.

—Tú sí que eres un cobarde.

—Yo no tengo miedo.

—Yo tampoco tengo miedo.

—Bueno, pues entonces, tómatela.

—Bueno, pues entonces, tómatela tú.

Wendy tuvo una espléndida idea.

—¿Por qué no os la tomáis los dos a la vez?

—Es cierto —dijo el señor Darling—. ¿Estás preparado, Michael?

Wendy contó uno, dos, tres, y Michael se tomó la medicina, pero el señor Darling deslizó la suya detrás de su espalda.

Michael dio un chillido de rabia y Wendy exclamó:

—¡Oh, papá!

—¿Qué significa «Oh, papá»? —preguntó el señor Darling—. Deja de protestar, Michael. Yo quería tomarme la mía, pero... fallé.

Fue espantosa la forma en la que le miraron los tres, como si no le admiraran.

—Mirad todos —dijo de modo suplicante, tan pronto como Nana hubo entrado en el baño— se me acaba de ocurrir una broma espléndida. Verteré mi medicina en el cuenco de Nana, y ella se la beberá, pensando que es leche.

Era del color de la leche; pero los niños no tenían el sentido del humor de su padre y le miraron con reproche mientras vertía la medicina en el cuenco de Nana.

—¡Qué divertido! —dijo, albergando dudas, y no se atrevieron a decir nada cuando la señora Darling y Nana regresaron.

—Nana, perrita buena —dijo, dándole palmaditas—, te he puesto un poco de leche en tu cuenco.

Nana meneó el rabo, corrió hacia la medicina y empezó a lamerla. Luego dirigió una mirada al señor Darling; no era una mirada de enojo: le mostró la gran lágrima roja que nos hace sentir tanta pena por los perros nobles, y se metió en su perrera.

El señor Darling estaba terriblemente avergonzado, pero no se rendiría. En un desagradable silencio, la señora Darling olió el cuenco.

—¡Oh, George! —dijo—. ¡Es tu medicina!

—Sólo ha sido una broma —bramó, mientras ella consolaba a sus hijos y Wendy abrazaba a Nana.

—No sirve de nada —dijo con amargura— que me esfuerce tanto por intentar ser gracioso en esta casa.

Wendy seguía abrazando a Nana.

—Está bien —gritó—. ¡Mimadla! A mí nadie me mima. ¡Oh, Dios mío! Sólo soy el que mantiene a la familia, ¿por qué debería ser mimado, por qué, por qué, por qué?

—George —le suplicó la señora Darling— no hables tan alto; los criados te oirán.

Por alguna razón, acostumbraban a llamar a Liza «los criados».

—¡Pues que me oigan! —respondió de modo imprudente—. ¡Que me oiga el mundo entero! Pero me niego a permitir que ese perro sea el dueño del cuarto de los niños una hora más.

Los niños rompieron a llorar y Nana corrió hacia él suplicante, pero él la rechazó con un movimiento de la mano. De nuevo se sentía un hombre fuerte.

—Es inútil, es inútil —exclamó—. El lugar adecuado para ti es el patio, y allí te ataré en este instante.

—George, George —susurró la señora Darling—, recuerda lo que te dije sobre ese muchacho.

Por desgracia, él no quiso escuchar. Estaba dispuesto a demostrar quién era el amo de aquella casa, y cuando las órdenes no sacaron a Nana de la perrera, la atrajo con palabras melosas y, agarrándola con brusquedad, la sacó a rastras del cuarto de los niños. Estaba avergonzado de sí mismo, pero, aun así, lo hizo. Todo se debía a su naturaleza demasiado afectuosa, que ansiaba admiración.

Cuando la hubo atado en el patio trasero, el desdichado padre fue a sentarse en el pasillo y se apretó los ojos con los nudillos.

Entretanto la señora Darling había metido a los niños en la cama en un desacostumbrado silencio y había encendido sus lamparillas. Podían oír los ladridos de Nana. John dijo gimiendo:

—Es porque él la está atando en el patio.

Pero Wendy era más perspicaz.

—Así no ladra Nana cuando no está contenta —dijo, casi adivinando lo que estaba a punto de suceder—; ladra así cuando huele el peligro.

¡Peligro!

—¿Estás segura, Wendy?

—Oh, sí.

La señora Darling se estremeció y se acercó a la ventana. Estaba bien cerrada. Miró al exterior, y la noche estaba salpicada de estrellas. Se agolpaban alrededor de la casa, como si sintieran curiosidad por ver lo que estaba sucediendo allí, pero ella no se dio cuenta de eso, ni tampoco de una o dos estrellas más pequeñas que le hacían guiños. No obstante, un miedo indescriptible se apoderó de ella y la hizo exclamar:

—¡Oh, cómo desearía no ir a una fiesta esta noche!

Incluso Michael, que ya estaba medio dormido, supo que estaba inquieta y preguntó:

—¿Hay algo que nos pueda hacer daño, mamá, después de encender las lamparillas?

—Nada, cariño —respondió—; son los ojos que una madre deja tras de sí para proteger a sus hijos.

Fue de cama en cama cantando con embeleso, y el pequeño Michael la rodeó con sus brazos.

—Mamá —exclamó—, estoy contento de tenerte.

Fueron las últimas palabras que iba a oír de él en mucho tiempo.

El número 27 se hallaba a pocas yardas de distancia, pero había caído una ligera nevada, y el padre y la madre Darling se abrieron paso con destreza para no ensuciarse los zapatos. Ya eran las únicas personas que había en la calle y todas las estrellas les observaban. Las estrellas son hermosas, pero no pueden participar activamente en nada, tan sólo observar eternamente. Es un castigo que se les impuso por algo que hicieron hace tanto tiempo que ninguna estrella sabe ahora por qué fue. Así que las más viejas se han vuelto vidriosas y rara vez hablan (el titileo es el lenguaje de las estrellas), pero las pequeñas todavía se hacen preguntas. En realidad, no son amables con Peter, quien tiene una forma traviesa de acercarse furtivamente por detrás de ellas e intentar apagarlas; pero les gusta tanto divertirse que se pusieron de su parte esa noche y estaban deseando que los adultos se quitaran de en medio. De modo que tan pronto como la puerta del número 27 se cerró tras el señor y la señora Darling, se produjo un alboroto en el firmamento, y la más pequeña de todas las estrellas de la Vía Láctea gritó:

—¡Ahora, Peter!

CAPÍTULO III

¡Vámonos, vámonos!

PETER FLEW IN

Peter entró volando.

Después de salir de casa el señor y la señora Darling, las lamparillas que había junto a las camas de los tres niños continuaron luciendo claramente durante un rato. Eran unas lamparillas encantadoras, y no se puede evitar desear que hubiesen podido mantenerse despiertas para ver a Peter; pero la luz de Wendy parpadeó y dio tal bostezo que las otras dos bostezaron también, y antes de poder cerrar la boca, se apagaron las tres.

En la habitación había ahora otra luz, mil veces más brillante que la de las lamparillas, y durante el tiempo que hemos tardado en contar esto, ya había estado en todos los cajones del cuarto de los niños, buscando la sombra de Peter, rebuscando en el armario ropero y sacando todos los bolsillos. En realidad no era una luz; se producía esa luz al moverse rápidamente, pero cuando se detenía durante un segundo, se veía que era un hada, que no era más larga que vuestra mano, pero que aún estaba creciendo. Era una muchacha llamada Campanilla, exquisitamente vestida con una hoja, de corte bajo y cuadrado, a través de la cual se podía ver muy bien su figura. Tendía ligeramente a ser *regordeta*.

Un momento después de entrar el hada, el aliento de las estrellas pequeñas abrió la ventana de par en par y entró Peter. Había llevado a Campanilla parte del camino y todavía llevaba la mano manchada de polvo de hada.

—Campanilla —llamó suavemente, tras asegurarse de que los niños dormían—, Campanilla, ¿dónde estás?

En ese momento estaba metida en una jarra y le estaba gustando mucho; nunca había estado dentro de una jarra.

—Vamos, sal de esa jarra y dime si sabes dónde han puesto mi sombra.

Un tintineo de lo más encantador, como de campanillas de oro, le respondió. Es el lenguaje de las hadas. Vosotros, que sois niños normales, no podéis oírlo, pero si alguna vez lo escuchaseis sabríais que lo habíais oído alguna vez antes.

Campanilla le dijo que la sombra estaba en una caja grande. Así se refirió ella a la cómoda, y Peter saltó a los cajones, esparciendo su contenido en el suelo con ambas manos, igual que los reyes arrojan peniques a la multitud. Al cabo de un instante había recuperado su sombra, y en su regocijo se olvidó de que había dejado encerrada a Campanilla en un cajón.

Si pensaba en algo, pero no creo que lo hiciese nunca, era en que él y su sombra se unirían como gotas de agua cuando se acercaran, y cuando no sucedió así, se horrorizó. Intentó pegársela con jabón del cuarto de baño, pero también falló. Sintió un escalofrío, se sentó en el suelo y se echó a llorar.

Sus sollozos despertaron a Wendy, quien se incorporó en la cama. No se inquietó al ver a un extraño llorando en el suelo de la habitación, sólo se sentía gratamente interesada.

—Niño —le dijo cortésmente—, ¿por qué lloras?

Peter sabía ser enormemente educado también, pues había aprendido modales en las ceremonias de las hadas, así que se levantó y le hizo una reverencia de un modo elegante. Ella se sintió muy complacida y le hizo una reverencia igual de elegante desde la cama.

—¿Cómo te llamas? —preguntó él.

—Wendy Moira Angela Darling —respondió con cierta satisfacción—. ¿Cómo te llamas tú?

—Peter Pan.

Ella ya estaba segura de que tenía que ser Peter, pero le parecía un nombre demasiado corto.

—¿Eso es todo?

—Sí —dijo él con bastante brusquedad. Por primera vez pensó que era un nombre corto.

—Lo siento mucho —dijo Wendy Moira Angela.

—No pasa nada —Peter tragó saliva.

Ella le preguntó dónde vivía.

—Segunda a la derecha —dijo Peter—, y luego recto hasta la mañana.

—¡Qué dirección más extraña!

Peter se sintió abatido. Por primera vez pensó que quizás era una dirección extraña.

—No, no lo es —dijo él.

—Quiero decir —dijo Wendy amablemente, recordando que era la anfitriona—, ¿es eso lo que ponen en las cartas?

Deseó que ella no hubiese mencionado las cartas.

—No recibo cartas —dijo con desprecio.

—Pero tu madre recibirá cartas.

—No tengo madre —dijo. No sólo no tenía madre, sino que no tenía el menor deseo de tener una. Creía que eran personas muy sobrevaloradas. Wendy, sin embargo, pensó de inmediato que estaba en presencia de una tragedia.

—Oh, Peter, no me sorprende que estuvieras llorando —dijo, y se levantó de la cama y corrió hacia él.

—No estaba llorando por las madres —dijo bastante indignado—. Lloraba porque no consigo que mi sombra se pegue. Además, yo no estaba llorando.

—¿Se ha despegado?

—Sí.

Entonces Wendy vio la sombra en el suelo, con un aspecto tan desaliñado, que sintió una terrible lástima por Peter.

—¡Qué horror! —exclamó ella, pero no pudo evitar sonreír cuando vio que intentaba pegarla con jabón. ¡Exactamente lo que haría un chico!

Afortunadamente ella supo enseguida qué hacer.

—Hay que coserla —dijo, con cierta condescendencia.

—¿Qué es coser? —preguntó él.

—Eres terriblemente ignorante.

—No lo soy.

Pero ella se alegró de su ignorancia.

—Yo te la coseré, muchachito —dijo, aunque era tan alto como ella, y sacó su costurero para coser la sombra al pie de Peter.

—Creo que te dolerá un poco —le advirtió.

—Oh, no lloraré —dijo Peter, que ya creía que no había llorado en su vida. Apretó los dientes y no lloró, y pronto su sombra se portó como es debido, aunque todavía estaba un poco arrugada.

—Tal vez debería haberla planchado —dijo Wendy pensativamente, pero a Peter, como chico que era, le resultaban indiferentes las apariencias y en ese momento daba saltos de alegría. Desgraciadamente, ya había olvidado que debía su felicidad a Wendy. Pensaba que se había pegado él mismo la sombra.

—¡Qué listo soy! —exclamó con entusiasmo—. ¡Oh, qué ingenio el mío!

Resulta humillante tener que confesar que esta presunción de Peter era una de sus cualidades más fascinantes. Hablando con total franqueza, nunca hubo un muchacho más engreído.

Pero por el momento Wendy estaba perpleja.

—¡Ingenioso tú! —exclamó ella con terrible sarcasmo—; por supuesto, yo no he hecho nada.

—Has hecho un poco —dijo Peter con aire despreocupado, y siguió bailando.

—¡Un poco! —replicó ella con altanería—. Si no sirvo para nada, al menos puedo retirarme —y se metió en la cama de un salto, del modo más digno, y se cubrió el rostro con las mantas.

Para provocar que levantara la vista, Peter fingió que se marchaba, y cuando esto falló, se sentó en el extremo de la cama y le dio unos golpecitos con el pie.

—Wendy —dijo— no te retires. No puedo evitar alardear, Wendy, cuando estoy satisfecho de mí mismo.

Aun así ella no levantaba la vista, aunque escuchaba con avidez.

—Wendy —continuó, con una voz ante la que ninguna mujer se ha podido resistir jamás—, Wendy, una chica vale más que veinte chicos.

Ahora bien, Wendy era una mujer en cada pulgada de su estatura, aunque no fuesen muchas, y se asomó por encima de la sábana.

—¿Realmente piensas eso, Peter?

—Sí.

—Creo que es muy amable por tu parte —declaró ella— y volveré a levantarme —y se sentó con él en el borde la cama. También le dijo que le daría un beso si él quería, pero Peter no supo que quería decir y extendió la mano con expectación.

—¿No sabes lo que es un beso? —dijo horrorizada.

—Lo sabré cuando me lo des —replicó él con firmeza, y para no herir sus sentimientos, Wendy le dio un dedal.

—¿Ahora puedo darte yo un beso? —dijo él.

Y ella replicó con un ligero tono remilgado:

—Si lo deseas.

Resultó bastante inadecuado por su parte inclinar la cara hacia él, pues él simplemente dejó caer el cascabullo de una bellota en su mano, de modo que ella retiró la cara y dijo amablemente que llevaría su beso en la cadena que llevaba alrededor del cuello. Fue una suerte que se lo pusiera en esa cadena, porque después le salvaría la vida.

Cuando se presenta a las personas en nuestro entorno, es costumbre preguntarse la edad, así que Wendy, a quien siempre le gustaba hacer lo correcto, le preguntó a Peter cuántos años tenía. En realidad, no era una pregunta que hiciera feliz a Peter; era como un examen que pregunta gramática, cuando lo que uno quiere es que le pregunten los reyes de Inglaterra.

—No lo sé —respondió incómodo—, pero soy bastante joven.

En realidad, no sabía nada al respecto, sólo tenía sospechas, pero se aventuró a decir:

—Wendy, me escapé el día que nací.

Wendy se quedó bastante sorprendida, pero también interesada. Le indicó con encantadores modales de salón, tocándose ligeramente el camisón, que podía sentarse más cerca de ella.

—Fue porque oí hablar a mi padre y a mi madre —explicó en voz baja— de lo que iba a ser yo cuando fuera mayor. —Ahora se encontraba extraordinariamente nervioso—. Quiero ser un niño siempre y divertirme. Así que hui a Kensington Gardens y viví mucho tiempo allí entre las hadas.

Ella le miró con la más intensa admiración, y él creyó que era porque había huido, pero en realidad era porque conocía a las hadas. Wendy había vivido una vida tan hogareña que conocer a las hadas le parecía maravilloso. Hizo preguntas sin parar sobre ellas, para sorpresa de él, pues a él le resultaban bastante molestas porque le estorbaban en sus cosas, y, de hecho, a veces tenía que darles un manotazo. Sin embargo, le gustaban en general, y le habló del origen de las hadas.

—Verás, Wendy, cuando el primer recién nacido rio por primera vez, su risa se rompió en mil pedazos, esparciéndose todos, y ese fue el origen de las hadas.

Aquella charla resultaba aburrida, pero al no haber salido mucho de casa, a Wendy le gustaba.

—Así que —continuó con buen humor— debería haber un hada por cada niño y niña.

—¿Debería haber? ¿No hay?

—No. Mira, los niños saben tanto ahora que pronto dejan de creer en las hadas, y cada vez que un niño dice: «No creo en las hadas», una de ellas cae muerta en algún lugar.

Realmente pensaba que ya habían hablado bastante de las hadas, y le sorprendía que Campanilla estuviese tan callada.

—No sé adónde ha ido —dijo levantándose, y llamó a Campanilla por su nombre. El corazón de Wendy palpitó, sintiendo una repentina emoción.

—¡Peter —exclamó, agarrándole con firmeza—, no querrás decir que hay un hada en este cuarto!

—Estaba aquí hace un momento —dijo con cierta impaciencia—. No la oyes, ¿verdad?

Ambos escucharon.

—Lo único que oigo —dijo Wendy— es un ligero tintineo de campanas.

—Bueno, pues esa es Campanilla, ese es el lenguaje de las hadas. Me parece oírla también.

El sonido procedía de la cómoda, y a Peter se le alegró la cara. Nadie podía parecer tan alegre como Peter, y su risa era el más encantador de los gorjeos. Todavía conservaba su primera risa.

—Wendy —susurró con regocijo— creo que la he dejado encerrada en el cajón.

Sacó a la pobre Campanilla del cajón, y ella voló por el cuarto de los niños chillando con furia.

—No deberías decir esas cosas —replicó Peter—. Por supuesto que lo siento, pero, ¿cómo podía saber que estabas en el cajón?

Wendy no estaba escuchándole.

—¡Oh, Peter —exclamó—, si pudiese quedarse quieta y dejarme verla!

—Casi nunca están quietas —dijo, pero por un momento Wendy vio la romántica figura posarse en el reloj de cuco.

—¡Oh, es encantadora! —exclamó, aunque el rostro de Campanilla aún estaba desfigurado por la ira.

Campanilla respondió con insolencia.

—¿Qué dice, Peter?

Él tuvo que traducir.

—Ella no es muy cortés. Dice que eres una niña grande y fea, y que ella es mi hada.

Peter intentó argumentar con Campanilla.

—Sabes que no puedes ser mi hada, Campanilla, porque yo soy un caballero y tú eres una dama.

Campanilla replicó a esto diciendo: «Eres tonto», y desapareció metiéndose en el cuarto de baño.

—Es un hada bastante común —explicó Peter con aire de disculpa—, se llama Campanilla porque repara las cacerolas y las teteras.

Ahora estaban juntos en el sillón, y Wendy seguía acosándole con más preguntas.

—Si no vives en Kensington Gardens ahora...

—A veces sí.

—Pero, ¿dónde vives más ahora?

—Con los niños perdidos.

—¿Quiénes son?

—Son los niños que se caen de sus cochecitos cuando la niñera está mirando hacia otro lado. Si no se les reclama en siete días, son enviados al País de Nunca Jamás para sufragar los gastos. Yo soy el capitán.

—¡Qué divertido tiene que ser!

—Sí —dijo el astuto Peter—, pero estamos bastante solos. No tenemos compañía femenina.

—¿No hay ninguna niña?

—Oh, no; las niñas, ya sabes, son demasiado listas para caerse de sus cochecitos.

Esto halagó a Wendy inmensamente.

—Creo —dijo— que es realmente encantador el modo en el que hablas de las niñas. John simplemente nos desprecia.

Como respuesta, Peter se levantó y echó a John de la cama de una patada, con mantas y todo. A Wendy le pareció que aquello era ir demasiado lejos para ser un primer encuentro, y le dijo con vivacidad que él no era el capitán en su casa. Sin embargo, John seguía durmiendo tan plácidamente en el suelo que ella dejó que permaneciera allí.

—Ya sé que querías ser amable —dijo ella, cediendo—, así que puedes darme un beso.

Por un momento había olvidado que ignoraba lo que eran los besos.

—Ya suponía que querrías que te lo devolviera —dijo él con cierta amargura, y se ofreció a devolverle el dedal.

—Oh, no —dijo la amable Wendy—, no quiero decir un beso, sino un dedal.

—¿Y qué es eso?

—Es como esto.

Le dio un beso.

—¡Qué gracioso! —dijo Peter con gravedad—. ¿Puedo darte yo un dedal?

—Si lo deseas —dijo Wendy, manteniendo erguida la cabeza esta vez.

Peter le dio un *dedal,* y casi de inmediato ella chilló.

—¿Qué pasa, Wendy?

—Ha sido exactamente como si alguien me tirara del pelo.

—Debe de haber sido Campanilla. Nunca la había visto tan traviesa.

Y, en efecto, Campanilla volvía a moverse rápidamente otra vez, utilizando un lenguaje ofensivo.

—Dice que te hará eso, Wendy, cada vez que te dé un dedal.

—¿Pero por qué?

—¿Por qué, Campanilla?

De nuevo replicó Campanilla: «Eres tonto». Peter no comprendía por qué, pero Wendy sí, y se sintió algo decepcionada cuando él admitió que acudía a la ventana de la habitación de los niños no para verla a ella, sino para escuchar cuentos.

—Es que yo no me sé ningún cuento. Ninguno de los niños perdidos sabe cuentos.

—Eso es horrible —dijo Wendy.

—¿Sabes por qué anidan las golondrinas en los aleros de las casas? —preguntó Peter—. Es para escuchar cuentos. Oh, Wendy, tu madre os estaba contando un cuento tan hermoso.

—¿Qué cuento era?

—Sobre un príncipe que no encontraba a la dama que llevaba una zapatilla de cristal.

—Peter —dijo Wendy emocionada—, era Cenicienta, y la encontró, y vivieron felices para siempre.

Peter se alegró tanto que se levantó del suelo, donde había estado sentado, y corrió hacia la ventana.

—¿Adónde vas? —gritó Wendy con aprensión.

—A decírselo a los chicos.

—No te vayas, Peter —suplicó—. Sé muchísimos cuentos.

Esas fueron sus palabras exactas, por lo que no se puede negar que fue ella quien primero le tentó.

Peter regresó, y había una mirada ávida en sus ojos que debería haberla alarmado, pero no lo hizo.

—¡La de cuentos que yo podría contarles a los chicos! —exclamó Wendy, y entonces Peter la agarró y empezó a arrastrarla hacia la ventana.

—¡Suéltame! —le ordenó.

—Wendy, vente conmigo y cuéntaselos a los demás chicos.

Por supuesto ella se sintió muy complacida de que se lo pidiera, pero dijo:

—Oh, no puedo. ¡Piensa en mi madre! Además, no sé volar.

—Yo te enseñaré.

—¡Oh, qué maravilloso saber volar!

—Te enseñare a saltar al viento, y luego nos iremos.

—¡Oooh! —exclamó Wendy extasiada.

—Wendy, Wendy, mientras estás durmiendo en tu estúpida cama, podrías estar volando conmigo y diciendo cosas graciosas a las estrellas.

—¡Oooh!

—Y, Wendy, hay sirenas.

—¡Sirenas! ¿Con cola?

—Unas colas muy largas.

—¡Oh! —exclamó Wendy—, ¡ver una sirena!

Peter estaba siendo tremendamente astuto.

—Wendy —dijo—, ¡cómo te respetaríamos todos!

Ella movía su cuerpo angustiada. Era como si luchase por permanecer en el suelo del cuarto.

Pero él no tenía piedad de ella.

—Wendy —dijo el astuto muchacho—, podrías arroparnos por la noche.

—¡Oooh!

—A ninguno de nosotros nos arropan por la noche.

—¡Oooh! —y extendió los brazos hacia él.

—Y podrías zurcir nuestra ropa, y hacernos bolsillos.

Cómo podía resistirse ella.

—¡Por supuesto que sería realmente fascinante! —exclamó—. Peter, ¿podrías enseñar a John y a Michael a volar también?

—Si tú quieres —dijo con indiferencia, y Wendy corrió hacia John y Michael y les movió con energía.

—¡Despertad! —exclamó—. Peter Pan ha venido y nos va a enseñar a volar.

John se frotó los ojos.

—Entonces me levantaré —dijo. Por supuesto, estaba ya en el suelo—. ¡Pero si ya estoy levantado! —exclamó.

Michael también se había levantado y su aspecto era el de estar ya muy despierto y animado, pero Peter hizo un repentino gesto para que guardaran silencio. Sus rostros asumieron la tremenda astucia de los niños que escuchan por si oyen ruidos del mundo de los adultos. Todo estaba en absoluta calma. Entonces, todo iba bien. ¡No! ¡Alto! Todo iba mal. Nana, que había estado ladrando angustiadamente toda la noche, estaba ahora callada. Lo que había oído era su silencio.

—¡Apagad las luces! ¡Escondeos! ¡Rápido! —exclamó John, tomando el mando por única vez en toda la aventura. Y así, cuando entró Liza sujetando a Nana, la habitación de los niños tenía el mismo aspecto que antes, muy oscura, y podría haberse jurado que se oían a sus tres traviesos confinados respirar angelicalmente mientras dormían. En realidad, lo estaban haciendo de un modo ingenioso desde detrás de las cortinas de la ventana.

Liza estaba de mal humor, pues estaba preparando los pudines de Navidad en la cocina, y por las absurdas sospechas de Nana había tenido que dejarlos, llevando aún una pasa en la mejilla. Creía que la mejor manera de quedarse un poco tranquila era llevar a Nana un momento a la habitación de los niños, pero custodiada, por supuesto.

—Ya ves, desconfiada —dijo, sin lamentar avergonzar a Nana—. Están completamente a salvo, ¿no? Cada angelito duerme profundamente en su cama. Escucha su suave respiración.

Entonces Michael, animado por el éxito, respiró tan fuerte que a punto estuvieron de que les descubrieran. Nana conocía esa clase de respiración, e intentó librarse de las garras de Liza.

Pero Liza no era muy lista.

—Ya basta, Nana —dijo severamente, tirando de ella para salir de la habitación—. Te advierto que si vuelves a ladrar de nuevo, iré a buscar a los señores, les sacaré de la fiesta y les traeré a casa, y entonces, ¡oh!, el señor te dará una paliza.

Volvió a atar a la desdichada, pero, ¿creéis que Nana dejó de ladrar? ¡Sacar a los señores de la fiesta! Eso era lo que ella deseaba. ¿Creéis que le iba a importar a ella que le dieran una paliza siempre y cuando sus pupilos estuvieran a salvo? Por desgracia, Liza volvió a sus pudines, y Nana, viendo que no conseguiría ninguna ayuda de ella, tiró y tiró de la cadena hasta que al fin la rompió. Al cabo de un instante irrumpió en el comedor del número 27 y alzó las patas hacia el cielo, su forma más expresiva de comunicarse. El señor y la señora Darling supieron de inmediato que algo horrible estaba sucediendo en el cuarto de los niños, y sin despedirse de sus anfitriones, salieron precipitadamente a la calle.

Pero ya habían pasado diez minutos desde que los tres granujillas respiraban tras las cortinas, y Peter Pan logró hacer mucho en diez minutos.

Regresemos ahora a la habitación de los niños.

—Todo en orden —anunció John, saliendo de su escondite—. Oye, Peter, ¿de verdad sabes volar?

En vez de molestarse en responderle, Peter voló por la habitación, posándose en la repisa de la chimenea al pasar.

—¡Excelente! —dijo John a Michael.

—¡Genial! —exclamó Wendy.

—Sí, ¡soy genial, oh, soy genial! —dijo Peter, olvidando sus modales otra vez.

Parecía maravillosamente fácil, y primero lo intentaron desde el suelo y luego desde las camas, pero siempre caían en vez de ascender.

—Oye, ¿cómo lo haces? —preguntó John, frotándose la rodilla. Era un niño bastante práctico.

—Sólo tienes que tener pensamientos maravillosos —explicó Peter— y ellos te elevan en el aire.

Se lo volvió a demostrar.

—Lo haces muy rápido —dijo John—, ¿no podrías hacerlo más despacio una vez?

Peter lo hizo de las dos formas, lenta y rápida.

—¡Ya lo tengo, Wendy! —exclamó John, pero pronto descubrió que no lo tenía. Ninguno de ellos pudo volar ni una pulgada, a pesar de que Michael ya sabía palabras de dos sílabas, y Peter no distinguía la A de la Z.

Por supuesto, Peter había estado jugando con ellos, pues nadie puede volar a menos que se haya soplado sobre él polvo de hadas. Afortunadamente, como hemos mencionado, una de sus manos estaba manchada de él y sopló un poco sobre cada uno de ellos, dando los resultados más maravillosos.

—Ahora moved los hombros de esta manera —dijo—, y soltaos.

Todos estaban encima de sus camas, y el valiente Michael fue el primero en soltarse. No tenía intención de soltarse, pero lo hizo y fue llevado al otro lado de la habitación.

—¡He volado! —gritó mientras aún estaba en el aire.

John se soltó y se encontró con Wendy cerca del baño.

—¡Oh, es maravilloso!

—¡Bárbaro!

—¡Miradme!

—¡Miradme!

—¡Miradme!

—No resultaban tan elegantes como Peter ni mucho menos, no podían evitar mover las piernas un poco, pero sus cabezas oscilaban de arriba abajo y rozaban el techo, y no hay casi nada tan delicioso como eso. Peter le dio la mano a Wendy al principio, pero tuvo que desistir porque Campanilla estaba muy indignada.

Subieron y bajaron, dieron vueltas y más vueltas. Divino fue la palabra que empleó Wendy.

—Oye —exclamó John—, ¡por qué no salimos afuera!

Por supuesto, era a esto a lo que Peter les había estado atrayendo.

Michael estaba dispuesto; deseaba saber cuánto tiempo tardaría en recorrer un billón de millas. Pero Wendy dudaba.

—¡Hay sirenas! —dijo Peter de nuevo.

—¡Oooh!

—¡Y piratas!

—¡Piratas! —exclamó John, cogiendo su sombrero de los domingos—. ¡Vámonos enseguida!

Era justo en ese mismo momento cuando el señor y la señora Darling salían apresuradamente con Nana del número 27. Corrieron al centro de la calle para mirar hacia la ventana del cuarto de los niños; y, sí, permanecía cerrada, pero en la habitación resplandecía una luz, y la visión más fascinante de todas era que podían verse en la sombra de la cortina a tres pequeñas figuras en pijama y camisón dando vueltas y más vueltas, pero no en el suelo, sino en el aire.

¡No eran tres figuras, eran cuatro!

Abrieron la puerta temblando. El señor Darling habría corrido escaleras arriba, pero la señora Darling le hizo señas para que lo hiciera suavemente. Incluso trató de conseguir que su corazón latiera con menos fuerza.

¿Llegarán al cuarto de los niños a tiempo? Si así es, qué delicia para ellos, y todos respirarán aliviados, pero no habrá historia. Por otro lado, si no llegan a tiempo, prometo solemnemente que todo saldrá bien al final.

Habrían llegado a tiempo al cuarto de los niños si no hubiese sido porque las estrellitas les estaban vigilando. Una vez más las estrellas abrieron la ventana con su aliento, y la más pequeña de todas gritó:

—¡*Ahí vienen,* Peter!

Entonces supo Peter que no había momento que perder.

—¡Vamos! —gritó imperiosamente, y se elevó de inmediato en la noche una vez más, seguido de John, Michael y Wendy.

El señor y la señora Darling, junto con Nana, se precipitaron en el cuarto de los niños demasiado tarde. Los pájaros habían volado.

CAPÍTULO IV

El vuelo

THE BIRDS WERE FLOWN

Los pájaros habían volado.

«Segunda a la derecha y luego todo recto hasta la mañana».

Ese, según había dicho Peter a Wendy, era el camino hacia el País de Nunca Jamás; pero ni las aves, aunque llevaran mapas y los consultaran en las ventosas esquinas, podrían haberlo divisado con esas instrucciones. Peter, ya veis, decía cualquier cosa que se le ocurría.

Al principio, sus compañeros confiaban en él ciegamente, pues tan grande era el placer de volar que perdieron tiempo volando en círculo alrededor de las agujas de las iglesias o de cualquier objeto alto que hubiese en su camino y les gustara.

John y Michael echaban carreras, lanzándose primero Michael.

Recordaban con desdén que, no hacía mucho tiempo, se habían considerado excelentes por ser capaces de volar por la habitación.

No hacía mucho tiempo, pero, ¿cuánto tiempo? Iban volando sobre el mar cuando a Wendy empezó a perturbarle seriamente esta pregunta. John creía que era su segundo mar y su tercera noche.

A veces estaba oscuro y a veces había luz, y unas veces tenían mucho frío y otras veces de nuevo mucho calor. ¿Realmente tenían hambre alguna vez, o simplemente lo fingían porque Peter tenía una nueva y alegre manera de alimentarles? Su modo de hacerlo era persiguiendo a las aves que llevaban en la boca alimentos aptos para los humanos y arrebatárselos; luego las aves les perseguían y se los arrebataban de nuevo; y todos se perseguirían alegremente durante millas, despidiéndose al fin con mutuas expresiones de buena voluntad. Pero Wendy se daba cuenta con ligera preocupación de que Peter no parecía saber que aquel era un extraño modo de ganarse el sustento, ni siquiera que existen otras formas.

Ciertamente no fingían tener sueño, lo tenían; y era peligroso, pues en el momento en el que se dormían, se caían. Lo horrible era que Peter creía que era divertido.

—¡Ahí va de nuevo! —gritaba con regocijo, cuando Michael caía de repente como una piedra.

—¡Sálvale! ¡Sálvale! —gritaba Wendy, mirando con horror al cruel mar que había allá abajo. Finalmente, Peter se lanzaba en el aire y atrapaba a Michael justo antes de alcanzar el mar, y era maravilloso el modo en que lo hacía; pero siempre esperaba hasta el último momento, y daba la impresión de que era su ingenio lo que le interesaba y no salvar vidas humanas. También le encantaba la variedad, y la diversión que le absorbía durante un momento, de pronto dejaba de interesarle, de modo que siempre existía la posibilidad de que la próxima vez que cayera alguno le dejara ir.

Podía dormir en el aire sin caerse, simplemente tumbándose boca arriba y flotando, pero esto sucedía, al menos en parte, porque era tan ligero que si uno se colocaba detrás de él y soplaba, iba más rápido.

—Sé más cortés con él —le susurró Wendy a John, mientras jugaban al «Sígueme».

—Entonces dile que deje de fanfarronear —dijo John.

Cuando jugaban al Sígueme, Peter volaba cerca del agua y tocaba la cola de cada tiburón al pasar, igual que en la calle puedes pasar el dedo por una verja de hierro. Ellos no podían seguirle en esto con mucho éxito, así que quizás era más bien fanfarronear, especialmente porque seguía mirando hacia atrás para ver cuántas colas dejaba sin tocar.

—Debéis ser amables con él —recalcaba Wendy a sus hermanos—. ¡Qué íbamos a hacer si nos abandonara!

—Podríamos regresar —dijo Michael.

—¿Cómo podríamos encontrar el camino de regreso sin él?

—Bueno, entonces, podríamos continuar —dijo John.

—Eso es lo horrible, John. Tendríamos que continuar, porque no sabemos parar.

Eso era cierto, Peter había olvidado enseñarles a parar.

John dijo que si llegaba a suceder lo peor, todo lo que tendrían que hacer sería seguir recto, pues el mundo es redondo, y por lo tanto, con el tiempo tendrían que volver a su propia ventana.

—¿Y quién va a conseguirnos comida, John?

—Yo le arranqué un poco a esa águila muy bien, Wendy.

—Después de intentarlo veinte veces —le recordó Wendy—. Y aunque se nos llegara a dar bien coger comida, mirad cómo nos chocamos con las nubes y otras cosas si él no está cerca para darnos la mano.

Lo cierto es que se chocaban constantemente. Ya sabían volar con firmeza, aunque todavía movían demasiado las piernas; pero si veían una nube frente a ellos, cuando trataban de evitarla, con más certeza chocaban con ella. Si Nana hubiese estado con ellos, ya le habría puesto a Michael una venda en la frente.

Peter no estaba con ellos en ese momento y se sentían bastante solos allá arriba. Él podía ir tan rápido que de repente desaparecía de la vista para tener alguna aventura en la cual ellos no participaban. Descendía riéndose de algo terriblemente divertido que había oído decir a una estrella, pero ya había olvidado lo que era; o ascendía con escamas de sirena aún pegadas en él, y, sin embargo, era incapaz de decir con seguridad lo que había sucedido. Resultaba bastante exasperante para niños que jamás habían visto a una sirena.

—Y si olvida las cosas tan deprisa —argumentó Wendy—, ¿cómo vamos a esperar que siga acordándose de nosotros?

De hecho, a veces, cuando regresaba, no se acordaba de ellos, al menos no muy bien. Wendy estaba convencida de ello. Ella vio en sus ojos que les reconocía cuando estaba a punto de pasar de largo un día y continuar; una vez, incluso tuvo que llamarle con su nombre.

—Soy Wendy —dijo inquieta.

Él lo lamentaba mucho.

—Oye, Wendy —le susurró— siempre que te des cuenta de que me olvido de ti, sigue diciendo: «Soy Wendy», y entonces me acordaré.

Por supuesto, aquello no resultaba convincente. Sin embargo, para enmendarse, les enseñó a tumbarse rectos con un fuerte viento que soplaba a su favor, y aquel cambio fue tan agradable que lo intentaron varias veces y descubrieron que podían dormir así a salvo. De hecho, habrían dormido más tiempo, pero Peter se cansaba rápidamente de dormir, y enseguida gritaba con su voz de capitán: «Nos vamos de aquí». De modo que con riñas esporádicas, pero con diversión en general, se iban acercando al País de Nunca Jamás; porque después de muchas lunas llegaron allí y, lo que es más, habían ido todo el tiempo en línea recta, debido quizás no tanto a la orientación de Peter o de

Campanilla, sino a la isla, que los estaba buscando. Sólo así se pueden ver esas mágicas orillas.

—Ahí está —dijo Peter con calma.

—¿Dónde, dónde?

—Donde apuntan todas las flechas.

De hecho, un millón de flechas doradas señalaban el camino a los niños, todas dirigidas por su amigo el sol, que deseaba que estuvieran a salvo en su camino hasta dejarles durante la noche.

Wendy, John y Michael se pusieron de puntillas en el aire para echar un primer vistazo a la isla. Por extraño que parezca, todos la reconocieron enseguida, y hasta que el miedo se apoderó de ellos, la aclamaban no como algo que hubiesen soñado durante mucho tiempo y por fin veían, sino como a una amiga a quien volvían para pasar las vacaciones.

—John, ahí está la laguna.

—Wendy, mira las tortugas enterrando sus huevos en la arena.

—Oye, John, veo que tu flamenco se ha roto una pata.

—¡Mira, Michael, ahí está tu cueva!

—John, ¿qué es eso que hay en la maleza?

—Es una loba con sus lobatos. ¡Wendy, creo que ese pequeño es el tuyo!

—¡Ahí está mi bote, John, con los costados agujereados!

—No, no lo es. Bueno, quemamos tu bote.

—Es ese, de todos modos. Oye, John, veo el humo del campamento de los indios.

—¿Dónde? Enséñamelo y te diré por la forma de las volutas de humo si están en pie de guerra.

—Allí, al otro lado del río Misterioso.

—Ahora lo veo. Sí, están en pie de guerra.

Peter estaba un poco molesto con ellos por saber tanto, pero si quería dominarles, su triunfo estaba cerca, pues, ¿no os he dicho que el miedo se apoderó de ellos?

Fue cuando desaparecieron las flechas, dejando a la isla en tinieblas.

Antes, en casa, el País de Nunca Jamás siempre había comenzado a parecer un poco oscuro y amenazador a la hora de acostarse. Era entonces cuando surgían terrenos inexplorados, negras sombras que se movían en ellos, el rugido de los animales de presa era muy diferente en ese momento y, sobre todo, perdías la certeza de que ganarías. Te alegrabas de que las lamparillas estuvieran encendidas. Incluso te gustaba que Nana dijera que aquello de allí no era más que la repisa de la chimenea, y que el País de Nunca Jamás era todo fantasía.

Por supuesto que el País de Nunca Jamás era todo fantasía en aquellos días, pero ahora era real, y no había lamparillas, y oscurecía por momentos, ¿y dónde estaba Nana?

Habían estado volando separados, pero ahora se apiñaron junto a Peter. Sus descuidados modales habían desaparecido por fin, le brillaban los ojos y ellos sentían un hormigueo cada vez que tocaban el cuerpo de Peter. Se encontraban sobre la temible isla, volando tan bajo que a veces rozaban un árbol con los pies. No se veía nada horrible en el aire; sin embargo, su avance se había vuelto lento y trabajoso, exactamente igual que si estuvieran abriéndose paso a través de fuerzas hostiles. A veces quedaban suspendidos en el aire hasta que Peter lo abría con los puños.

—No quieren que bajemos —explicó.

—¿Quiénes son? —susurró Wendy, estremeciéndose.

Pero no lo sabía o no quiso decirlo. Campanilla había ido durmiendo sobre su hombro, pero ahora la despertó y la envió a que fuera por delante.

A veces Peter se mantenía en equilibrio en el aire, escuchando con atención, con la mano en la oreja; otras veces miraba hacia abajo con unos ojos tan brillantes que parecían perforar dos agujeros en la tierra. Después de haber hecho estas cosas, siguió adelante.

Su valor resultaba casi espantoso.

—¿Te gustaría correr una aventura ahora? —dijo a John con indiferencia—. ¿O prefieres tomar el té primero?

Wendy respondió rápidamente que el té primero, y Michael le apretó la mano en señal de gratitud, pero John, más valiente, dudó.

—¿Qué clase de aventura? —preguntó con curiosidad.

—Hay un pirata dormido en las pampas que hay debajo de nosotros —le dijo Peter—. Si quieres, bajamos y le matamos.

—No le veo —dijo John después de una larga pausa.

—Yo sí.

—Supongo —dijo John con la voz un poco ronca— que se despertaría.

Peter habló indignado.

—¡No pensarás que le mataría mientras duerme! Le despertaría primero y luego le mataría. Eso es lo que hago siempre.

—¡Vaya! ¿Matas muchos?

—Montones.

John dijo: «¡Genial!», pero decidió tomar el té primero. Preguntó si había muchos piratas en la isla ahora, y Peter le respondió que nunca había visto tantos.

—¿Quién es ahora el capitán?

—Garfio —respondió Peter, y su semblante se puso muy serio al pronunciar la odiada palabra.

—¿James Garfio?

—Sí.

Fue entonces cuando Michael empezó a llorar, y hasta John tragaba saliva al hablar, pues conocían la reputación de Garfio.

—Era el contramaestre del Barbanegra —susurró John con voz ronca—. El peor de todos ellos. Es el único hombre al que Barbacoa tenía miedo.

—Ese es —dijo Peter.

—¿Cómo es? ¿Es grande?

—No tan grande como antes.

—¿Qué quieres decir?

—Le corté un trozo.

—¡Tú!

—Sí, yo —dijo Peter secamente.

—No quería ser irrespetuoso.

—Oh, está bien.

—Pero, oye, ¿qué trozo?

—La mano derecha.

—¿Entonces, ya no puede luchar?

—¡Que si no puede!

—¿Es zurdo?

—Tiene un garfio de hierro en lugar de mano derecha, y da zarpazos con él.

—¡Zarpazos!

—Oye, John —dijo Peter.

—Sí.

—Di «sí, señor».

—Sí, señor.

—Hay algo —prosiguió Peter— que tienen que prometer todos los chicos que están bajo mis órdenes y así harás tú.

John palideció.

—Es lo siguiente, si nos encontramos con Garfio en una lucha, debes dejármelo a mí.

—Lo prometo —dijo John con lealtad.

Por el momento se sentían menos inquietos porque Campanilla volaba con ellos, y con su luz podían distinguirse unos a otros. Por desgracia, no podía volar tan despacio como ellos, por lo que tuvo que dar vueltas y vueltas en el círculo en el que se movían como si se tratase de un halo. A Wendy le gustaba bastante, hasta que Peter señaló los inconvenientes.

—Campanilla me dice —dijo él— que los piratas nos vieron antes de que oscureciera y sacaron a Tom el Largo.

—¿El cañón grande?

—Sí. Y, por supuesto, tienen que estar viendo su luz, y si suponen que estamos cerca de ella, seguro que dispararán.

—¡Wendy!

—¡John!

—¡Michael!

—Dile que se vaya enseguida, Peter —exclamaron los tres simultáneamente, pero él se negó.

—Campanilla cree que nos hemos perdido —replicó con firmeza— y está bastante asustada. ¡No penséis que voy a decirle que se vaya cuando está asustada!

Por un momento se rompió el círculo de luz, y algo le dio a Peter un pellizquito cariñoso.

—Entonces dile que apague su luz —suplicó Wendy.

—No puede apagarla. Eso es casi lo único que no pueden hacer las hadas. Sólo se apaga cuando duerme, igual que las estrellas.

—Pues dile que se duerma enseguida —casi le ordenó John.

—No puede dormir salvo cuando tiene sueño. Es la única otra cosa que no pueden hacer las hadas.

—A mí me parece —gruñó John— que esas son las dos únicas cosas que merecen la pena.

Aquí recibió un pellizco, pero no cariñoso.

—Si uno de nosotros tuviese un bolsillo —dijo Peter—, podríamos llevarla dentro.

Sin embargo, habían partido con tanta prisa que ninguno de los cuatro tenía un bolsillo.

A Peter se le ocurrió una feliz idea. El sombrero de John.

Campanilla estuvo de acuerdo en viajar en sombrero si se llevaba en la mano. John la llevó, aunque ella había tenido la esperanza de que lo hiciera Peter. Poco después, Wendy llevaba el sombrero porque John decía que le daba golpes en la rodilla mientras volaba; y esto, como comprobaremos, causaría problemas, pues Campanilla detestaba estar en deuda con Wendy.

En el sombrero de copa negro la luz permanecía completamente oculta, y siguieron volando en silencio. Era el silencio más profundo que habían conocido jamás, roto una vez por un lejano lameteo, sobre el cual Peter explicó que se trataba de los animales salvajes que bebían en el vado, y otra vez por un sonido áspero que podría haberlo producido el roce de las ramas de los árboles, pero Peter dijo que eran los pieles rojas que afilaban sus cuchillos.

Incluso estos ruidos cesaron. Para Michael, la soledad resultaba espantosa.

—¡Ojalá algo hiciese ruido! —exclamó.

Como si respondiera a su petición, el aire se rasgó por el estruendo más tremendo que jamás se haya oído. Los piratas les habían disparado con Tom el Largo.

El estruendo resonó a través de las montañas, y los ecos parecían gritar salvajemente: «¿Dónde están, dónde están, dónde están?».

De esta manera, los tres niños aterrorizados se enteraron de la diferencia entre una isla de fantasía y la misma isla hecha realidad.

Cuando por fin los cielos volvieron a calmarse, John y Michael se encontraban solos en la oscuridad. John caminaba por el aire mecánicamente, y Michael, sin saber cómo, estaba flotando.

—¿Te han dado? —susurró John con voz temblorosa.

—No lo he comprobado aún —susurró Michael como respuesta.

Ahora sabemos que no habían dado a ninguno. Peter, sin embargo, había sido llevado hacia el mar por el viento del disparo, mientras que

Wendy fue lanzada hacia arriba sin más compañía que la de Campanilla.

Habría sido mejor para Wendy que en ese momento se le hubiera caído el sombrero.

No sé si la idea se le ocurrió de repente a Campanilla, o si lo había planeado por el camino, pero de pronto salió del sombrero y empezó a atraer a Wendy hacia su perdición.

Campanilla no era del todo mala; o, más bien, en ese momento Campanilla fue todo lo mala que podía ser, pues, por otra parte, a veces era todo bondad. Las hadas tienen que ser una cosa u otra porque, al ser tan pequeñas, por desgracia sólo tienen espacio para un sentimiento a la vez. No obstante, se les permite cambiar, pero sólo si se trata de un cambio completo. En ese momento estaba muy celosa de Wendy. Por supuesto, Wendy no era capaz de entender lo que decía con su encantador tintineo, y creo que algunas de aquellas palabras eran malas, pero sonaban amables, y ella volaba de un lado a otro con la clara intención de decir: «Sígueme y todo irá bien».

¿Qué otra cosa podía hacer Wendy? Llamó a Peter, a John y a Michael, y sólo recibió ecos burlones como respuesta. Ella aún no sabía que Campanilla la odiaba con el feroz odio de una mujer. Y así, desconcertada, y tambaleándose ahora al volar, siguió a Campanilla hacia su perdición.

CAPÍTULO V

La isla se hace realidad

l presentir que Peter regresaba, el País de Nunca Jamás despertó a la vida de nuevo. Deberíamos emplear el pluscuamperfecto y decir «había despertado», pero «despertó» es mejor y siempre lo empleaba Peter.

En su ausencia, las cosas suelen estar tranquilas en la isla. Las hadas tardan una hora más por la mañana, los animales atienden a sus crías, los pieles rojas comen en abundancia durante seis días y seis noches, y cuando los piratas y los niños perdidos se encuentran, simplemente se muerden los pulgares a la vista de los otros. Pero cuando llega Peter, que odia el letargo, se ponen en marcha de nuevo; si pusierais la oreja en el suelo ahora, oiríais cómo bulle la vida en toda la isla.

Esa tarde, las principales fuerzas de la isla estaban dispuestas de la siguiente manera: los niños perdidos estaban buscando a Peter, los piratas buscaban a los niños perdidos, los pieles rojas habían salido a buscar a los piratas, y los animales estaban buscando a los pieles rojas. Daban vueltas por la isla, pero no se encontraban porque todos iban al mismo ritmo.

Todos querían sangre, excepto los muchachos, a quienes les gustaba por regla general, pero aquella noche salieron a recibir a su capitán. Los niños de la isla varían en cantidad, por supuesto, según les van matando y cosas así; y cuando parece que están creciendo, lo cual va contra las reglas, Peter los reduce; pero en ese momento eran seis, contando a los gemelos como dos. Finjamos que estamos ahí tumbados entre las cañas de azúcar y observemos cómo pasan en fila india, cada uno con su puñal en la mano.

Peter les prohíbe parecerse a él en lo más mínimo, y llevan puestas pieles de osos que han matado ellos mismos, con las que están tan redondos y peludos que cuando se caen, ruedan. Por lo tanto, han aprendido a andar con mucha firmeza.

El primero que pasa es Tootles, no es el menos valiente pero sí el más desafortunado de toda esa intrépida pandilla. Había estado en menos aventuras que cualquiera de ellos, porque constantemente las grandes cosas sucedían justo cuando él había doblado la esquina: todo estaría tranquilo, él aprovecharía la oportunidad para ir a buscar algunos palos que les servirían de leña, y luego, cuando regresara, los demás estarían limpiando la sangre. Esta mala suerte había dado una ligera melancolía a su semblante, pero en vez de agriar su carácter lo había endulzado, de modo que era el muchacho más humilde. Pobre Tootles, esta noche el peligro está en el aire. Ten cuidado de que no se te ofrezca la menor aventura ahora, que, si se acepta, te sumirá en la más profunda aflicción. Tootles, el hada Campanilla, que está empeñada en hacer travesuras esta noche, está buscando una herramienta, y cree que tú eres el más fácil de engañar de los muchachos. Cuidado con Campanilla.

Ojalá pudiera oírnos, pero nosotros en realidad no estamos en la isla, y él pasa de largo, mordiéndose los nudillos.

Después viene Nibs, el alegre y jovial, seguido de Slightly, que corta madera de los árboles para hacer silbatos y baila extasiado al ritmo de sus propias melodías. Slightly es el más engreído de los chicos. Cree que recuerda los días de antes de perderse, con sus modales y costumbres, y esto le ha dado a su nariz un gesto ofensivo. Curly es el cuarto; es un pillo, y con tanta frecuencia ha tenido que entregarse a Peter cuando éste decía con severidad: «Que dé un paso al frente el que ha hecho esto», que ahora da un paso al frente automáticamente al oír esa orden, lo haya hecho él o no. Después vienen los gemelos, que no se pueden describir porque deberíamos estar seguros de que no estamos describiendo al equivocado. Peter nunca supo muy bien lo que eran los gemelos, y no permitía a su pandilla que supiera algo que él no supiera, de modo que estos dos nunca eran precisos al hablar de sí mismos, y hacían todo lo posible por resultar satisfactorios manteniéndose muy juntos en una actitud cercana a la disculpa.

Los muchachos desaparecen en la oscuridad, y después de una pausa, pero no muy larga, pues las cosas suceden rápidamente en la isla, los piratas les siguen el rastro. Les oímos antes de ser vistos, y siempre es la misma canción espantosa:

> *¡Amarrad, tirad,*
> *al abordaje iremos,*
> *y si un disparo nos separa,*
> *seguro que abajo nos encontraremos!*

Jamás se ahorcó en fila en el Muelle de las Ejecuciones a un grupo de aspecto más villano que éste. Ahí, un poco más adelante, inclinando una y otra vez la cabeza hacia el suelo para escuchar, con los brazos desnudos y las orejas adornadas con monedas, está el apuesto italiano Cecco, que grabó su nombre con letras de sangre en la espalda del director de la prisión de Gao. Ese negro gigantesco que va detrás de él ha tenido muchos nombres desde que dejó caer ése que las madres morenas aún utilizan para aterrorizar a sus hijos a orillas del Guadjo-mo. Ahí está Bill Jukes, tatuado hasta la última pulgada de él, el mismo Bill Jukes al que Flint le dio seis docenas de latigazos a bordo del Walrus antes de que soltara la bolsa de monedas de oro; y Cookson, de quien se decía que era hermano de Murphy el Negro (pero esto nunca se demostró), y el caballero Starkey, que en otro tiempo estuvo empleado en un escuela pública y aún resulta delicado a la hora de matar; y Skylights (Skylights de Morgan); y el contramaestre irlandés Smee, un hombre curiosamente cordial que apuñalaba sin ofender, por así decirlo, y era el único inconformista de la tripulación de Garfio; y Noodler, que tenía las manos al revés; y Robert Mullins y Alf Mason y muchos otros rufianes conocidos y temidos desde hacía mucho tiempo en el Caribe.

En medio de ellos iba reclinado el más negro y el más grande en aquel oscuro escenario, James Garfio, o como él mismo escribía Jas. Garfio, de quien se dice que era el único hombre al que temía Sea-Cook. Iba recostado a sus anchas en un tosco carro tirado y empujado por sus hombres, y en lugar de mano derecha tenía el garfio de hierro con el que de vez en cuando animaba a los hombres a acelerar el paso. Como a perros les trataba y se dirigía a ellos este terrible hombre, y como perros le obedecían. Su aspecto era cadavérico y ennegrecido; llevaba el cabello en largos tirabuzones, que a cierta distancia parecían velas negras, y otorgaban una expresión singularmente amenazadora a su distinguido semblante. Sus ojos eran del azul de los nomeolvides, y de una profunda melancolía, excepto cuando clavaba el garfio, momento en el que aparecían dos chispas rojas en ellos que los iluminaban de un modo horrible. En cuanto a sus modales, aún tenía aferrado a él algo de gran señor, de modo que incluso hacía pedazos a uno con distinción, y me han dicho que era un *narrador* de renombre. Nunca resultaba más siniestro que cuando era más cortés, lo cual es probablemente la prueba más cierta de su buena educación; y la elegancia de su dicción, aun cuando juraba, y que no era menor que la distinción de su porte, demostraba que era de un elenco diferente al de su tripulación. Hombre de indómito valor, se decía que de lo único que se asustaba era de ver su propia sangre, que era espesa y de un color poco habitual. En el vestir imitaba en cierto modo el atuendo asociado al rey Carlos II, ya que había oído decir en alguna época anterior que guardaba un extraño parecido con los desafortunados Estuardo. En la boca llevaba una boquilla inventada por él que le permitía fumar dos puros a la vez. Pero, sin duda, la parte más siniestra de él era su garra de hierro.

Matemos ahora a un pirata para conocer el método de Garfio. Skylights nos servirá. A medida que avanzan, Skylights se tambalea torpemente sobre él, descolocándole el cuello de encaje; el garfio se mueve rápidamente, se oye un desgarrón y un chillido, luego apartan el cuerpo a un lado a patadas y los piratas pasan. Ni siquiera se ha quitado los puros de la boca.

Así es el terrible hombre contra quien Peter Pan se enfrenta. ¿Quién ganará?

Tras el rastro de los piratas, avanzando silenciosamente por el sendero de la guerra, que no es visible a los ojos inexpertos, vienen los pieles rojas, todos con los ojos bien abiertos. Llevan hachas de guerra y cuchillos, y relucen sus cuerpos desnudos cubiertos de pintura y aceite. Atadas a la cintura llevan cabelleras, tanto de niños como de piratas, puesto que estos son los de la tribu piccaninny, y no deben confundirse con los delaware o los hurones, más compasivos. En vanguardia, a cuatro patas, va Gran Pantera Pequeña, un valiente que lleva tantas cabelleras que en su postura actual le impiden un poco avanzar. En retaguardia, la posición de mayor peligro, va Tigridia, orgullosamente erguida, princesa por derecho propio. Es la piccaninny más bella, coqueta, fría y apasionada, alternativamente; no hay un solo valiente que no la quiera por esposa, pero ella lo impide con un hacha. Observad cómo pasan por encima de las ramitas caídas sin hacer el menor ruido. El único sonido que se oye es el de su respiración algo jadeante. El hecho es que todos ellos están un poco gordos ahora, después de haberse dado un gran atracón, pero con el tiempo perderán peso. Sin embargo, en este momento constituye su mayor peligro.

Los pieles rojas desaparecen como han llegado, como sombras; y pronto su lugar es ocupado por una gran procesión de animales variopintos: leones, tigres, osos y los innumerables animales salvajes más pequeños que huyen de ellos, pues toda clase de animales, y especialmente los devoradores de hombres, viven codo con codo en la privilegiada isla. Llevan la lengua fuera, están hambrientos esta noche.

Cuando ya han pasado, llega la última figura de todas, un gigantesco cocodrilo. Veremos a quién va buscando en este momento.

Pasa el cocodrilo, pero pronto vuelven a aparecer los niños, pues la procesión debe continuar indefinidamente hasta que uno de los grupos se detenga o cambie el ritmo. Entonces, rápidamente estarán unos encima de los otros.

Todos miran con atención al frente, pero ninguno sospecha que el peligro puede estar acercándose por detrás. Esto demuestra lo real que era la isla.

Los primeros en salir de ese círculo en movimiento fueron los niños. Se tiraron en el prado, cerca de su casa subterránea.

—¡Me gustaría que regresara Peter! —dijo cada uno de ellos con nerviosismo, aunque en estatura y aún más en anchura todos eran más grandes que su capitán.

—Soy el único que no tiene miedo a los piratas —dijo Slightly, en el tono que impedía ser el favorito entre ellos; pero tal vez algún ruido distante le inquietó, pues añadió apresuradamente—, pero me gustaría que volviera y nos contara si se ha enterado de algo más sobre Cenicienta.

Hablaron de Cenicienta, y Tootles estaba convencido de que su madre debía de haberse parecido mucho a ella.

Sólo en ausencia de Peter podían hablar de las madres, ya que el tema estaba prohibido por él por considerarlo una estupidez.

—Todo lo que recuerdo sobre mi madre —les contó Nibs— es que a menudo le decía a mi padre: «¡Oh, cómo desearía tener una chequera propia!». No sé lo que es una chequera, pero me encantaría regalarle una a mi madre.

Mientras hablaban oyeron un ruido en la distancia. Vosotros o yo, que no somos seres salvajes de los bosques, no habríamos oído nada, pero ellos lo oyeron, y era una canción siniestra:

> *Ey, ey, la vida del pirata,*
> *calavera y huesos en la bandera,*
> *vida feliz, soga de cáñamo,*
> *ey, el fondo del mar nos espera.*

Al instante los niños perdidos... pero, ¿dónde están? Ya no están allí. Ni los conejos podrían haber desaparecido tan deprisa.

Os diré dónde están. A excepción de Nibs, que ha salido disparado a hacer un reconocimiento, ya están en su casa bajo tierra, una residencia realmente encantadora de la que pronto veremos una buena parte. Pero, ¿cómo han llegado a ella?, pues no se ve ninguna entrada, ni siquiera una piedra grande que, al quitarse, deje al descubierto la boca de una cueva. Sin embargo, si se mira de cerca, se puede advertir que hay aquí siete árboles grandes, cada uno con un agujero en su tronco hueco tan grande como un niño. Estas son las siete entradas a la casa subterránea que Garfio lleva buscando en vano desde hace muchas lunas. ¿La encontrará esta noche?

Mientras los piratas avanzaban, la rápida vista de Starkey vio a Nibs desaparecer en el bosque, y de inmediato brilló su pistola. Pero la garra de hierro le agarró el hombro.

—¡Suélteme, capitán! —exclamó, retorciéndose.

Ahora, por primera vez, oímos la voz de Garfio. Era una voz oscura.

—Guarda esa pistola primero —dijo amenazante.

—Era uno de esos niños que odia. Podría haberle matado de un disparo.

—Ya, y el ruido habría atraído sobre nosotros a los pieles rojas de Tigridia. ¿Quieres perder tu cabellera?

—¿Le persigo, capitán, y le hago cosquillas con Johnny Sacacorchos? —preguntó el patético Smee. Ponía nombres graciosos a todo, y su sable era Johnny Sacacorchos porque lo meneaba en la herida. Se podrían mencionar muchos rasgos adorables de Smee. Por ejemplo, después de matar, eran sus anteojos los que limpiaba primero en vez de su arma.

—Johnny es un tipo silencioso —le recordó a Garfio.

—Ahora no, Smee —dijo Garfio con tono siniestro—. Sólo es uno, y yo quiero acabar con los siete. Dispersaos y buscadles.

Los piratas desaparecieron entre los árboles, y en un momento quedaron a solas el capitán y Smee. Garfio dejó escapar un profundo suspiro, y no sé por qué, tal vez por la apacible belleza de la noche, se apoderó de él el deseo de confiarle a su fiel contramaestre la historia de su vida. Habló largo y tendido, pero Smee, que era bastante tonto, no supo en lo más mínimo de qué se trataba.

Pronto captó la palabra Peter.

—Sobre todo —estaba diciendo Garfio con entusiasmo—, quiero a su capitán, Peter Pan. Fue él el que me cortó el brazo. —Blandió el garfio amenazadoramente—. Llevo esperando mucho tiempo para estrecharle la mano con esto. ¡Oh, le haré pedazos!

—Pero —dijo Smee—, le he oído decir con frecuencia que ese garfio vale más que veinte manos, para peinarse y para otros usos domésticos.

—Así es —respondió el capitán—; si fuese madre rezaría para que mis hijos nacieran con esto en vez de esto —y lanzó una mirada de orgullo a la mano de hierro y otra de desprecio a la otra mano. Luego volvió a fruncir el ceño—. Peter arrojó mi brazo a un cocodrilo que pasaba por allí —dijo, haciendo una mueca de dolor.

—Me he dado cuenta a menudo —dijo Smee— de que tiene un miedo extraño a los cocodrilos.

—No a los cocodrilos —le corrigió Garfio—, sino a ese cocodrilo. —Bajó la voz—. Le gustó tanto mi brazo, Smee, que me sigue desde entonces, por mar y por tierra, relamiéndose por lo que queda de mí.

—En cierto modo —dijo Smee—, es una especie de cumplido.

—No quiero cumplidos como esos —gritó Garfio malhumorado—. Quiero a Peter Pan, el primero que le dio a probar a esa bestia mi sabor.

Se sentó en una enorme seta y ahora le temblaba la voz.

—Smee —dijo con voz ronca—, ese cocodrilo me habría comido antes, pero, por una afortunada casualidad, se tragó un reloj que hace tictac en su interior, así que, antes de que pueda alcanzarme, oigo el tictac y huyo.

Se rio, pero con una risa irónica.

—Algún día —dijo Smee— el reloj se parará, y entonces le atrapará.

Garfio se humedeció los labios secos.

—Sí —dijo—, ese es el miedo que me persigue.

Desde que se había sentado, había sentido un curioso calor.

—Smee —dijo—, este asiento está caliente.

Se levantó de un salto.

—¡Por todos los diablos! ¡Me estoy quemando!

Examinaron la seta, que era de un tamaño y una solidez desconocidos en el mundo real; probaron a arrancarla, y al instante se quedaron con ella en las manos, pues no tenía raíz. Más extraño aún fue que el humo comenzó a ascender enseguida. Los piratas se miraron uno al otro.

—¡Una chimenea! —exclamaron ambos.

Lo cierto es que habían descubierto la chimenea de la casa subterránea. Era costumbre de los niños taparla con una seta cuando los enemigos estaban en las proximidades.

No sólo salió humo, también salieron voces de niños, pues tan a salvo se sentían los muchachos en su escondite que estaban charlando alegremente. Los piratas escucharon muy serios y luego volvieron a colocar la seta en su lugar. Miraron a su alrededor y se dieron cuenta de que había agujeros en los siete árboles.

—¿Les ha oído decir que Peter Pan no está en casa? —susurró Smee, jugueteando con Johnny Sacacorchos.

Garfio asintió con la cabeza. Se mantuvo mucho tiempo perdido en sus pensamientos, y finalmente una espeluznante sonrisa iluminó su moreno semblante. Smee había estado esperando.

—Desembuche su plan, capitán —dijo con impaciencia.

—Volver al barco —respondió Garfio lentamente, hablando entre dientes—, y hacer una gran tarta, de buen grosor y con azúcar verde por encima. No puede haber más de una habitación ahí abajo, porque sólo hay una chimenea. Esos topos tontos no tuvieron sentido común para darse cuenta de que no necesitaban una puerta para cada uno. Eso demuestra que no tienen madre. Dejaremos la tarta en la orilla de la Laguna de las Sirenas. Esos chicos siempre están nadando por allí, jugando con las sirenas. Encontrarán la tarta y se la engullirán, porque, al no tener madre, no saben lo peligroso que es comer una rica tarta recién hecha.

Estalló en carcajadas, pero ahora no era una risa irónica, sino una risa sincera.

—Ja, ja, morirán.

Smee había escuchado con creciente admiración.

—¡Es el plan más perverso y más bonito que he escuchado en mi vida! —exclamó, y jubilosos bailaron y cantaron:

> *Os amarráis cuando aparezco,*
> *por miedo a ser alcanzados;*
> *no quedará nada de vuestros huesos,*
> *cuando Garfio con su garra os haya atrapado.*

Empezaron la estrofa, pero nunca la terminaron, pues irrumpió otro ruido que les hizo callar. Al principio era un ruido tan diminuto que una hoja podría haber caído sobre él y haberlo asfixiado, pero a medida que se acercaba era más definido.

¡Tictac! ¡Tictac!

Garfio empezó a temblar, sosteniendo un pie en el aire.

—¡El cocodrilo! —dijo jadeando, y se alejó dando saltos, seguido de su contramaestre.

En efecto, era el cocodrilo. Había pasado junto a los pieles rojas, quienes ahora seguían el rastro de los demás piratas. Rezumaba mientras iba tras Garfio.

Una vez más los niños salieron al exterior; pero los peligros de la noche aún no habían terminado, pues de pronto Nibs se precipitó sin aliento en medio de ellos, perseguido por una manada de lobos. Los perseguidores iban con la lengua fuera; su aullido era terrible.

—¡Salvadme, salvadme! —gritó Nibs, cayendo al suelo.

—Pero, ¿qué podemos hacer, qué podemos hacer?

Fue un gran cumplido para Peter que en ese terrible momento los pensamientos de los niños se dirigieran hacia él.

—¿Qué haría Peter? —preguntaron simultáneamente.

Casi al mismo tiempo añadieron:

—Peter los miraría con la cabeza entre las piernas.

Y luego:

—Hagamos lo que haría Peter.

Es la forma que más éxito tiene para desafiar a los lobos, y como si fueran un único niño, inclinaron la cabeza y miraron a través de sus piernas. El momento siguiente se hizo largo, pero la victoria llegó rápidamente, pues cuando los niños avanzaron hacia ellos en esa terrible postura, los lobos agacharon el rabo y huyeron.

Nibs se levantó del suelo y los demás pensaron que sus desorbitados ojos aún veían a los lobos. Pero no eran lobos lo que veía.

—¡He visto algo maravilloso! —exclamó, mientras se reunían en torno suyo con impaciencia—. Un gran pájaro blanco. Viene volando hacia aquí.

—¿Qué clase de pájaro crees que es?

—No lo sé —dijo Nibs impresionado—, pero parece muy cansado, y mientras vuela va gimiendo «Pobre Wendy».

—¿Pobre Wendy?

—Recuerdo —dijo Slightly al instante— que hay pájaros que se llaman Wendy.

—¡Mirad, ahí viene! —exclamó Curly, señalando a Wendy en el cielo.

Wendy estaba ahora casi sobre sus cabezas y podían oír sus gritos lastimeros. Pero con más nitidez llegaba la estridente voz de Campanilla. El hada celosa se había despojado de su disfraz de amistad y se abalanzaba sobre su víctima desde todas las direcciones, pellizcándola salvajemente cada vez que la tocaba.

—Hola, Campanilla —dijeron los asombrados niños.

La respuesta de Campanilla resonó:

—Peter quiere que disparéis a la Wendy.

No era un rasgo de su carácter cuestionar las órdenes de Peter.

—¡Hagamos lo que desea Peter! —exclamaron los ingenuos muchachos—. ¡Rápido, los arcos y las flechas!

Todos menos Tootles descendieron por sus árboles. Él ya tenía arco y flechas; Campanilla se dio cuenta y se frotó las manitas.

—¡Rápido, Tootles, rápido! —gritó—. Peter se pondrá muy contento.

Tootles, emocionado, colocó la flecha en su arco.

—Apártate, Campanilla —gritó él, y después disparó, y Wendy cayó al suelo con una flecha clavada en el pecho.

CAPÍTULO VI

La casita

"LET HIM KEEP WHO CAN

«Que se lo quede el que pueda».

El bobo de Tootles estaba erguido como un conquistador sobre el cuerpo de Wendy cuando los demás niños, armados, saltaron desde sus árboles.

—Llegáis demasiado tarde —exclamó con orgullo—. He disparado a la Wendy. Peter estará muy contento conmigo.

Por encima de su cabeza Campanilla gritó: «¡Eres tonto!», y salió disparada a esconderse. Los demás no la oyeron. Se habían apiñado en torno a Wendy, y les pareció que un terrible silencio se apoderaba del bosque. Si el corazón de Wendy hubiese estado latiendo, todos lo habrían oído.

Slightly fue el primero en hablar.

—Esto no es un pájaro —dijo con voz asustada—. Creo que es una señora.

—¿Una señora? —dijo Tootles, y cayó al suelo temblando.

—Y la hemos matado —dijo Nibs con voz ronca.

Todos se quitaron las gorras.

—Ahora comprendo —dijo Curly—. Peter nos la traía.

Se tiró al suelo apesadumbrado.

—Una señora que nos cuidaría por fin —dijo uno de los gemelos— y tú la has matado.

Sentían lástima por él, pero aún más lástima por ellos mismos, y cuando Tootles dio un paso para acercarse a ellos, se apartaron de él.

Tootles tenía la cara muy pálida, pero ahora había en él una dignidad que no había tenido nunca antes.

—Lo he hecho yo —dijo, reflexionando—. Cuando las señoras solían venir a mí en sueños, yo decía: «mamá bonita, mamá bonita». Pero cuando por fin se ha hecho realidad, la he matado.

Se alejó lentamente.

—No te vayas —le llamaron apenados.

—Debo hacerlo —respondió, tembloroso—. Tengo mucho miedo de Peter.

Fue en este trágico momento cuando oyeron un sonido que hizo que el corazón se les subiera a la boca. Oyeron el cacareo de Peter.

—¡Peter! —exclamaron, pues ese cacareo era siempre la señal de su regreso.

—¡Escondedla! —susurraron, y se reunieron apresuradamente alrededor de Wendy. Pero Tootles se mantuvo a distancia.

De nuevo oyeron el cacareo y Peter descendió enfrente de ellos.

—Saludos, chicos —dijo.

Ellos saludaron de un modo mecánico y de nuevo se hizo el silencio. Peter frunció el ceño.

—He vuelto —dijo con ardor—, ¿por qué no gritáis de entusiasmo?

Abrieron la boca, pero los gritos de entusiasmo no salían. Lo pasó por alto por su prisa por contar las magníficas noticias.

—Buenas noticias, chicos —exclamó—, por fin os he traído a una madre.

Silencio todavía, excepto un ligero golpe sordo de Tootles al caer de rodillas.

—¿La habéis visto? —preguntó Peter, empezando a preocuparse—. Volaba en esta dirección.

—¡Ay de mí! —se oyó decir a una voz.

—¡Oh, qué día más funesto! —se oyó decir a otra.

Tootles se levantó.

—Peter —dijo con calma—, te la enseñaré.

Y aunque los demás deseaban mantenerla escondida, dijo:

—Atrás, gemelos, dejemos que Peter la vea.

De modo que se alejaron todos y le permitieron verla, y después de haber mirado un rato, no supo qué hacer a continuación.

—Está muerta —dijo incómodo—. Tal vez le asuste estar muerta.

Pensó en alejarse saltando de una manera cómica hasta perderla de vista, y luego no regresar a ese lugar nunca más. Todos habrían estado encantados de seguirle si él hubiese hecho esto.

Pero había una flecha. La sacó del pecho de Wendy y miró a su pandilla.

—¿De quién es esta flecha? —preguntó con severidad.

—Mía, Peter —respondió Tootles de rodillas.

—Oh, mano malvada —dijo Peter, y alzó la flecha para usarla como un puñal.

Tootles no se inmutó. Se descubrió el pecho.

—Clávamela, Peter —dijo con firmeza—. Clávamela de verdad.

Dos veces levantó Peter la flecha, y dos veces cayó de su mano.

—No puedo clavártela —dijo con asombro—, hay algo que detiene mi mano.

Todos le miraron asombrados, excepto Nibs, que afortunadamente miraba a Wendy.

Resulta maravilloso contarlo. Wendy había alzado el brazo. Nibs se inclinó sobre ella y escuchó reverentemente.

—Creo que ha dicho «pobre Tootles» —susurró.

—Está viva —dijo Peter brevemente.

Slightly exclamó al instante:

—La señora Wendy está viva.

Entonces Peter se arrodilló a su lado y encontró su cascabullo de bellota. Recordad que ella se lo había puesto en una cadena que llevaba en el cuello.

—Mirad —dijo— la flecha ha chocado con esto. Es el beso que le di. Le ha salvado la vida.

—Me acuerdo de los besos —intervino Slightly rápidamente—, déjame verlo. Sí, eso es un beso.

Peter no le oyó. Le estaba rogando a Wendy que se recuperara deprisa para poder enseñarle las sirenas. Por supuesto, ella no podía responder todavía, al hallarse aún en un espantoso desfallecimiento; pero por encima de sus cabezas llegó un lamento.

—Escuchad a Campanilla —dijo Curly— está llorando porque Wendy vive.

Entonces tuvieron que contarle a Peter el delito cometido por Campanilla, y casi nunca le habían visto mostrarse tan severo.

—Escucha Campanilla —gritó—, ya no seré más tu amigo. Aléjate de mí para siempre.

Ella voló sobre su hombro y suplicó, pero él no le hizo caso. No fue hasta que Wendy levantó de nuevo el brazo que él cedió lo suficiente como para decir:

—Bueno, no para siempre, pero sí una semana entera.

¿Creéis que Campanilla le agradeció a Wendy que levantara el brazo? Oh, no, nunca deseó pellizcarla más. Lo cierto es que las hadas son extrañas, y Peter, que las comprendía mejor, solía esposarlas.

Pero, ¿qué iban a hacer con Wendy en ese estado de salud tan delicado?

—Bajémosla a la casa —sugirió Curly.

—Sí —dijo Slightly—, eso es lo que se hace con las señoras.

—No, no —dijo Peter— no debéis tocarla. No sería bastante respetuoso.

—Eso es lo que estaba pensando yo —dijo Slightly.

—Pero si se queda aquí tumbada —dijo Tootles—, morirá.

—Sí, morirá —admitió Slightly—, pero no hay más remedio.

—Sí que lo hay —gritó Peter—. Construyamos una casita a su alrededor.

Todos ellos estuvieron encantados.

—Rápido —les ordenó— traedme cada uno de vosotros lo mejor que tengáis. Limpiad la casa. Sed avispados.

En un momento estaban tan ajetreados como los sastres la víspera de una boda. Caminaban de un lado a otro, buscando ropa de cama, buscando leña, y mientras lo hacían, ¿quiénes iban a aparecer, sino John y Michael? Mientras se arrastraban por el suelo se quedaban dormidos, se detenían, se despertaban, avanzaban otro paso y se volvían a dormir.

—John, John —exclamaba Michael—. ¡Despierta! ¿Dónde está Nana, John y mamá?

Y luego John se frotaba los ojos y murmuraba:

—Es cierto, volábamos.

Podéis estar seguros de que se sintieron muy aliviados al encontrar a Peter.

—Hola, Peter —dijeron.

—Hola —respondió Peter amistosamente, aunque había olvidado por completo quienes eran. Estaba muy ocupado en ese momento midiendo a Wendy con sus pies para saber cómo de grande tendría que ser la casa. Por supuesto, quería dejar espacio para sillas y una mesa. John y Michael le observaban.

—¿Wendy está dormida? —preguntaron.

—Sí.

—John —propuso Michael—, vamos a despertarla para que nos haga la cena.

Mientras lo estaba diciendo, algunos de los muchachos se apresuraban a llevar ramas para construir la casa.

—¡Mírales! —exclamó.

—Curly —dijo Peter con voz de capitán—, comprueba que esos chicos ayuden a construir la casa.

—Sí, sí, señor.

—¡Construir una casa! —exclamó John.

—Para la Wendy —dijo Curly.

—¿Para Wendy? —dijo John horrorizado—. ¡Pero si sólo es una chica!

—Es porque somos sus sirvientes —explicó Curly.

—¿Vosotros? ¡Sirvientes de Wendy!

—Sí —dijo Peter— y vosotros también. Lleváoslos.

Los atónitos hermanos fueron arrastrados para cortar, tallar y transportar.

—Sillas y una pantalla de chimenea lo primero —ordenó Peter—; luego construiremos una casa alrededor de ella.

—Sí —dijo Slightly—, así es como se construye una casa; me acuerdo de todo eso.

Peter pensaba en todo.

—Slightly —gritó—, ve a buscar a un médico.

—Sí, sí —dijo Slightly enseguida, y desapareció, rascándose la cabeza. Pero sabía que tenía que obedecer a Peter, y regresó al momento con el sombrero de John puesto y con un aspecto solemne.

—Por favor, señor —dijo Peter, dirigiéndose a él— ¿es usted médico?

La diferencia entre él y los demás muchachos en ese momento era que ellos sabían que era fingido, mientras que para él lo fingido y lo real eran exactamente la misma cosa. Esto les preocupaba a veces, como cuando tenían que fingir que ya habían cenado.

Si dejaban de fingir, él les golpeaba en los nudillos.

—Sí, jovencito —replicó con preocupación Slightly, que llevaba los nudillos agrietados.

—Por favor, señor —explicó Peter— una dama yace muy enferma.

Ella estaba tendida a sus pies, pero Slightly tuvo la sensatez de no verla.

—¡Vaya, vaya! —dijo—. ¿Dónde está?

—En aquel claro.

—Le meteré este objeto de cristal en la boca —dijo Slightly, fingiendo hacerlo, mientras Peter aguardaba. Hubo un momento de preocupación cuando retiró el objeto de cristal.

—¿Qué tal está? —preguntó Peter.

—¡Vaya, vaya! —dijo Slightly—. Esto la ha curado.

—¡Me alegro! —exclamó Peter.

—Vendré a verla por la tarde —dijo Slightly—; dale caldo de carne en una taza con pitorro.

Pero después de haberle devuelto el sombrero a John, dio grandes resoplidos, como era su costumbre cuando escapaba de una dificultad.

Mientras tanto, el bosque había estado animado con el ruido de las hachas; casi todo lo que se necesitaba para una acogedora vivienda yacía a los pies de Wendy.

—Ojalá supiéramos qué tipo de casa le gusta más —dijo uno de ellos.

—Peter —gritó otro—, se está moviendo en sueños.

—Se le abre la boca —exclamó un tercero, mirándola respetuosamente—. ¡Oh, encantador!

—A lo mejor va a cantar en sueños —dijo Peter—. Wendy, canta que tipo de casa te gustaría tener.

Inmediatamente, sin abrir los ojos, Wendy empezó a cantar:

> *Desearía tener una casa bonita,*
> *la más pequeña vista jamás,*
> *con alegres paredes rojas*
> *y tejado de musgo verde.*

Al oír esto gorjearon de alegría, pues, por la mayor de las suertes, las ramas que habían llevado estaban pegajosas de savia roja, y todo el suelo estaba alfombrado de musgo. Mientras montaban la casita, ellos mismos rompieron a cantar:

> *Hemos construido las paredes y el tejado,*
> *y fabricado una puerta encantadora,*
> *Así que dinos, mamá Wendy,*
> *¿qué más quieres ahora?*

A esto respondió ella con avidez:

Además, deseo tener
alegres ventanas alrededor,
con rosas que se asomen al interior,
y bebés al exterior.

A puñetazos hicieron las ventanas, y grandes hojas amarillas sirvieron de persianas. Pero, ¿rosas...?

—¡Rosas! —exclamó Peter muy serio.

Rápidamente fingieron que las más bellas rosas crecían por las paredes. ¿Bebés?

Para evitar que Peter les ordenara traer bebés, se apresuraron a cantar de nuevo:

Ya las rosas se asoman al interior,
los bebés en la puerta están,
no podemos volver a nacer,
porque hace tiempo que nacimos ya.

Viendo Peter que aquello era una buena idea, fingió enseguida que era suya. La casa era muy bonita, y sin duda Wendy se sentiría muy a gusto en el interior, aunque, por supuesto, ellos ya no podían verlo. Peter caminaba de un lado a otro, ordenando los toques finales. Nada escapaba a sus ojos de águila. Justo cuando parecía completamente terminada, dijo:

—No hay aldaba en la puerta.

Todos se avergonzaron, pero Tootles ofreció la suela de uno de sus zapatos y se convirtió en una aldaba excelente.

Ya estaba completamente terminada, pensaron.

Ni mucho menos.

—No hay chimenea —dijo Peter—; tiene que haber una chimenea.

—Ciertamente hace falta una chimenea —dijo John, dándose importancia—. Esto le dio a Peter una idea. Le arrebató a John el sombrero de la cabeza, le arrancó el fondo y lo puso en el tejado. La casita estaba tan contenta de tener una chimenea tan excelente que, como para dar las gracias, inmediatamente empezó a salir humo del sombrero.

Ahora sí que estaba real y verdaderamente terminada. Nada quedaba salvo llamar a la puerta.

—Presentad vuestro mejor aspecto —les advirtió Peter—; las primeras impresiones son muy importantes.

Se alegró de que ninguno preguntara qué eran las primeras impresiones; estaban demasiado ocupados mejorando su aspecto.

Peter llamó a la puerta educadamente, y ahora el bosque estaba tan calmado como los niños, no se oía más ruido que el que hacía Campanilla, quien estaba observando desde una rama y se burlaba abiertamente.

Lo que los chicos se preguntaban era, ¿respondería alguien a la llamada? Si era una señora, ¿cómo sería?

La puerta se abrió y la señora salió. Era Wendy. Todos se quitaron el gorro.

Ella pareció sorprenderse, como era lo apropiado, y así era como esperaban verla ellos.

—¿Dónde estoy?

Por supuesto, fue Slightly el primero en tomar la palabra.

—Señora Wendy —dijo rápidamente—, hemos construido esta casa para ti.

—Oh, di que estás contenta —exclamó Nibs.

—Es una casa preciosa, encantadora —dijo Wendy, y esas eran palabras que habían esperado que diría.

—Y nosotros somos tus hijos —dijeron los gemelos.

Entonces todos se arrodillaron, y extendiendo los brazos dijeron:

—¡Oh, señora Wendy, sé nuestra madre!

—¿Debería? —dijo Wendy radiante—. Por supuesto que es tremendamente fascinante, pero ya veis que tan sólo soy una niña. No tengo experiencia de verdad.

—Eso no importa —dijo Peter, como si fuera la única persona presente que lo supiera todo, aunque, en realidad, era el que menos sabía—. Lo que necesitamos es una persona amable y maternal.

—¡Oh, vaya! —dijo Wendy—. Veréis, creo que es exactamente lo que soy.

—Lo es, lo es —exclamaron todos—; nos dimos cuenta enseguida.

—Muy bien —dijo Wendy—, lo haré lo mejor posible. Entrad inmediatamente, traviesos; estoy segura de que tenéis los pies mojados.

Y antes de meteros en la cama, me da tiempo a terminar el cuento de *Cenicienta*.

Y entraron. No sé cómo había espacio para todos ellos, pero uno se puede apretar mucho en el País de Nunca Jamás. Y aquella fue la primera de muchas veladas alegres que pasaron con Wendy. Al cabo de un rato, ella les arropó en la gran cama de la casa de debajo de los árboles, pero ella durmió esa noche en la casita, y Peter vigiló afuera con la espada desenvainada, pues se oía a los piratas de juerga a lo lejos, y los lobos estaban al acecho. La casita parecía muy acogedora y segura en la oscuridad, con una brillante luz que se veía a través de sus persianas, con la chimenea humeando maravillosamente y Peter montando guardia. Al cabo de un rato se quedó dormido, y algunas hadas que llegaron tambaleándose después de una fiesta, tuvieron que trepar por encima de él cuando iban de camino a casa. A cualquiera de los otros niños que hubiesen obstruido el paso a las hadas por la noche les habrían hecho travesuras, pero a Peter simplemente le pellizcaron la nariz y pasaron de largo.

CAPÍTULO VII

La casa subterránea

PETER ON GUARD

Peter de guardia.

Una de las primeras cosas que hizo Peter al día siguiente fue medir a Wendy, John y Michael para buscar árboles huecos. Garfio, como recordaréis, se había burlado de los niños por pensar que necesitaban un árbol para cada uno, pero esto era por ignorancia, pues a menos que el árbol tuviera las dimensiones correctas para uno, resultaba difícil subir y bajar, y no había dos niños que tuvieran exactamente el mismo tamaño. Una vez que se encajaba en él, se tomaba aliento arriba y se descendía exactamente a la velocidad apropiada, mientras que para ascender se tomaba aliento y se soltaba alternativamente, y así se iba subiendo serpenteando. Por supuesto, cuando se domina esta acción se pueden hacer estas cosas sin pensar en ellas, y nada puede resultar más grácil.

Pero sencillamente había que encajar, y Peter tomaba con tanto esmero las medidas para buscar el árbol adecuado como cuando se hace un traje: la única diferencia es que la ropa se hace para que se ajuste a uno, mientras que uno tiene que estar hecho para encajar en el árbol. Normalmente resulta bastante fácil hacerlo, si te pones demasiadas prendas de ropa o muy pocas, pero si abultas en lugares difíciles o el único árbol disponible tiene una forma extraña, Peter te hace algunas cosas y después de eso encajas en él. Una vez que encajas, se debe tener mucho cuidado para seguir encajando, y esto, como tuvo que descubrir Wendy para su deleite, mantiene a toda la familia en perfectas condiciones.

Wendy y Michael encajaron en sus árboles al primer intento, pero a John hubo que modificarle un poco.

Tras unos días de práctica podían subir y bajar con tanta facilidad como lo hacen los cubos en un pozo. Y cómo se encariñaron con su casa subterránea; sobre todo Wendy. La casa constaba de una estancia grande, como deberían tener todas las casas, con un suelo en el que se podía cavar si querían pescar, y en este suelo crecían unas robustas setas de un maravilloso color que utilizaban a modo de taburetes. Un árbol de Nunca Jamás se esforzaba por crecer en el centro de la habitación, pero cada mañana serraban el tronco a ras del suelo. A la hora del té ya medía dos pies de altura, y entonces colocaban una puerta encima, convirtiéndose así en una mesa; tan pronto como quitaban la mesa, volvían a serrar el tronco y así había más espacio para jugar. Había una enorme chimenea que se encontraba casi en cualquier parte de la habitación en la que se quisiera encender, y Wendy extendió de un lado a otro de ella unas cuerdas de fibra en las que tendía la colada. La cama estaba apoyada sobre la pared durante el día, y se bajaba a las seis y media, y entonces ocupaba la mitad de la habitación. Todos los niños dormían en ella como sardinas en lata, excepto Michael. Había una norma estricta que prohibía darse la vuelta hasta que uno diera la señal, y entonces se giraban todos a la vez. Michael también debería haberla usado, pero Wendy quería tener un bebé, y, al ser él el más pequeño, y sabiendo cómo son las mujeres, en resumidas cuentas él dormía colgado en un cesto.

Era tosca y sencilla, y no muy diferente a como habrían hecho una casa subterránea unos oseznos en las mismas circunstancias. Pero había un hueco en la pared, no más grande que una jaula de pájaros, que era la estancia privada de Campanilla. Se podía aislar del resto de la casa gracias a una diminuta cortina, la cual Campanilla, que era muy puntillosa, siempre mantenía cerrada cuando se vestía o desvestía. Ninguna mujer, por grande que fuera, podría haber tenido un tocador y una alcoba más exquisitos. El sofá, como siempre lo llamaba ella, era de auténtico estilo reina Mab, con patas gruesas; y cambiaba las colchas según la flor de la fruta de temporada. Su espejo era un Gato con Botas, de los que ahora sólo quedan tres que no estén desportillados, según saben los comerciantes del mundo de las hadas; el lavabo era de corteza de tarta y reversible; la cómoda de auténtico estilo Encantador VI, y las alfombras de la mejor época (la primera) de Margery y Robin. Había una lámpara de araña de Tiddlywinks para dar efecto, pues, por supuesto, ella misma era la que iluminaba su residencia. Campanilla mostraba desprecio por el resto de la casa, como era inevitable, y su estancia, aunque bonita, parecía bastante presuntuosa y tenía aspecto de mirar con desdén.

Supongo que todo aquello fascinaba especialmente a Wendy, pues aquellos alocados muchachos suyos le daban mucho que hacer. En realidad, pasaban semanas enteras en las que, a no ser que saliera a zurcir un calcetín por la tarde, nunca salía a la superficie. Os puedo decir que mantenía la nariz pegada a la olla, cocinando. Su alimentación principal consistía en frutos del árbol del pan asados, boniatos, cocos, cerdo asado, zapotes, rollos de carne y plátanos, todo ello mojado con zumo de papaya en tazones hechos de calabaza, pero nunca se sabía exactamente si habría una comida de verdad o sólo fingida, todo dependía del capricho de Peter: podía comer, comer de verdad, si formaba parte del juego, pero no podía atiborrarse hasta sentirse indigesto, que es lo que les gusta a los niños más que cualquier otra cosa. Lo mejor que venía a continuación era hablar sobre ello. El fingimiento era tan real para él que se podía ver cómo se iba llenando durante una comida. Por supuesto, esto resultaba difícil, pero sencillamente había que seguir su ejemplo, y si podías demostrarle que estabas perdiendo peso para tu árbol, te permitía atiborrarte.

El momento preferido de Wendy para coser y zurcir era después de que se hubieran ido todos a la cama. Luego, como ella lo expresaba, tenía tiempo para respirar; y lo empleaba en hacer ropas nuevas para ellos, y en poner rodilleras, pues todos tenían las rodillas muy duras.

Cuando se sentaba ante una cesta llena de calcetines con agujeros en los talones, alzaba los brazos y exclamaba: «¡Oh, estoy segura de que a veces las solteras son dignas de envidia!».

Su rostro resplandecía cuando exclamaba así.

Recordaréis a su lobo mascota. Pues bien, pronto descubrió que ella había llegado a la isla y la encontró, y sencillamente corrieron a los brazos del otro. Después de aquello la seguía a todas partes.

A medida que pasaba el tiempo, ¿pensaba mucho en los queridos padres que había dejado atrás? Es una pregunta difícil, porque es completamente imposible decir cómo pasa el tiempo en el País de Nunca Jamás, donde se calcula por lunas y soles, y siempre hay muchos más que en el mundo real. Pero me temo que a Wendy no le preocupaban mucho su padre y su madre; estaba absolutamente convencida de que ellos siempre mantendrían la ventana abierta para ella cuando regresara volando, y eso le daba total tranquilidad. Lo que le perturbaba a veces era que John sólo recordaba a sus padres vagamente, como a unas personas a las que había conocido una vez; mientras que Michael estaba bastante dispuesto a creer que ella era realmente su madre. Estas cosas le asustaban un poco, y con el noble afán de cumplir con su deber, trató de fijar la antigua vida en sus mentes poniéndoles exámenes sobre ella, lo más parecidos a los que ella solía hacer en la escuela. Los demás muchachos pensaron que esto era tremendamente interesante, e insistieron en unirse a ellos. Se hicieron sus pizarras y se sentaron alrededor de la mesa, escribiendo y pensando mucho en las preguntas que ella había escrito en otra pizarra que les había ido pasando. Eran preguntas de lo más corrientes:

¿De qué color eran los ojos de mamá?
¿Quién era más alto, mamá o papá?
¿Mamá era rubia o morena?

Responde a las tres preguntas si es posible.

Escribid una redacción de no menos de cuarenta palabras sobre «Cómo pasé mis últimas vacaciones», o, «Comparación entre el carácter de mamá y el de papá».

Sólo escribiréis sobre uno de ellos. O:

(1) Describe la risa de mamá.
(2) Describe la risa de papá.
(3) Describe el vestido de fiesta de mamá.
(4) Describe la perrera y a su ocupante.

Eran preguntas cotidianas como éstas, y, cuando no sabían responderlas, les decía que pusiesen una cruz; resultaba realmente espantoso la cantidad de cruces que incluso John ponía. Por supuesto, el único chico que respondía a todas las preguntas era Slightly, y de nadie se habría esperado más que fuese el primero, pero sus respuestas eran completamente ridículas, y en realidad, se quedó el último: algo muy triste.

Peter no competía. Una de las razones era porque despreciaba a todas las madres excepto a Wendy, y la otra porque él era el único muchacho de la isla que no sabía escribir ni deletrear; ni siquiera la palabra más corta. Él estaba por encima de todo ese tipo de cosas.

Por cierto, todas las preguntas se escribían en pasado. De qué color eran los ojos de mamá, etc. A Wendy, ya veis, se le había ido olvidando también.

Aventuras como las que veremos, por supuesto, sucedían todos los días; pero, por esta época Peter inventó, con la ayuda de Wendy, un nuevo juego que le fascinó enormemente, hasta que de pronto ya no sintió interés por él, lo cual, como se ha dicho, era algo que sucedía con sus juegos. Consistía en fingir no tener aventuras, en hacer toda clase de cosas que John y Michael habían estado haciendo toda la vida, sentarse en taburetes y lanzar pelotas al aire, empujarse unos a otros, salir a pasear y regresar sin haber matado ni siquiera un oso pardo. Ver a Peter sin hacer nada sentado en un taburete era un gran espectáculo; no podía dejar de parecer solemne en esas ocasiones, estar sentado quieto le parecía algo muy divertido. Se jactaba de que había salido a pasear por el bien de su salud. Durante varios soles, éstas fueron las aventuras más originales de todas para él; y John y Michael tenían que fingir que les encantaban también; de lo contrario, les habría tratado con severidad.

A menudo salía él solo, y, cuando regresaba, uno nunca estaba absolutamente seguro de si había tenido o no una aventura. Es posible que la hubiese olvidado por completo y por eso no contaba nada sobre ella, y, luego, cuando uno salía se encontraba el cadáver; y, por otro lado, podía hablar mucho de ella, pero luego no encontrar el cadáver. A veces llegaba a casa con la cabeza vendada, y entonces Wendy le arrullaba y bañaba en agua tibia, mientras él contaba una historia deslumbrante. Pero ella nunca estaba completamente segura, ya sabéis. Había, sin embargo, muchas aventuras que Wendy sabía que eran ciertas porque ella misma había participado en ellas, y había aún más que eran ciertas por lo menos en parte, porque los demás muchachos habían participado en ellas y decían que eran totalmente ciertas. Para describir todas necesitaríamos un libro tan grande como un diccionario de inglés-latín, latín-inglés, y lo máximo que podemos hacer es ofrecer una como muestra de un momento cualquiera en la isla. La dificultad se encuentra en cuál elegir. ¿Deberíamos elegir el enfrentamiento con los pieles rojas en la Garganta Slightly? Fue un acontecimiento sanguinario, y especialmente interesante al demostrar una de las peculiaridades de Peter, que era la de cambiar repentinamente de bando en medio de una refriega. En la Garganta, cuando todavía estaba en juego la victoria, y poniéndose a veces de una parte, y otras veces de la otra, dijo: «Hoy soy piel roja, ¿qué eres

tú, Tootles?». Y Tootles respondió: «Piel roja, ¿y tú qué eres, Nibs?».
Y Nibs dijo: «Piel roja, ¿y vosotros que sois, gemelos?». Y así sucesivamente, hasta que todos fueron pieles rojas; y, por supuesto, esto
habría puesto fin a la pelea si los verdaderos pieles rojas, fascinados
por los métodos de Peter, no hubiesen estado de acuerdo en ser niños
perdidos por esa vez, de modo que empezaron de nuevo, con más
ferocidad que antes.

El extraordinario resultado de esta aventura fue... pero aún no
hemos decidido que sea ésta la aventura que vamos a narrar. Tal
vez una mejor sería la del ataque nocturno de los pieles rojas a la
casa subterránea, cuando varios de ellos se quedaron atrapados en
los árboles huecos y hubo que tirar de ellos como si fuesen corchos
para poder sacarlos. O podríamos contar cómo salvó Peter la vida de
Tigridia en la Laguna de las Sirenas, convirtiéndose así en su aliada.

O podríamos hablar de esa tarta que prepararon los piratas para
que la comieran los niños y pereciaran; y de cómo la fueron dejando
con astucia en un lugar o en otro; pero Wendy se la arrebataba de
las manos a sus niños, de modo que con el tiempo perdió su jugosi-
dad y se puso tan dura como una piedra; fue utilizada como proyec-
til, y Garfio cayó sobre ella en la oscuridad.

O suponed que hablamos de las aves que eran amigas de Peter,
especialmente del ave Nunca Jamás, que construyó un nido en un
árbol que colgaba sobre la laguna, y cómo el nido cayó al agua y aun
así el ave seguía empollando a sus huevos. Peter dio la orden de que
no se la molestara. Esa es una bonita historia, y el final demuestra lo
agradecida que puede llegar a ser un ave; pero si la contamos, tenemos que contar también la aventura de la laguna entera, lo cual sería,
por supuesto, contar dos aventuras en vez de una. Una aventura más
breve, e igual de emocionante, fue el intento de Campanilla, con ayuda de algunas hadas itinerantes, de transportar a Wendy en una gran
hoja flotante hacia el mundo real mientras dormía. Afortunadamente,
la hoja cedió y Wendy se despertó pensando que era la hora del baño,
y regresó nadando. O de nuevo, podríamos elegir el desafío de Peter
a los leones, cuando trazó un círculo a su alrededor en el suelo con
una flecha y les retó a cruzarlo, y aunque esperó durante horas, mientras los demás niños y Wendy miraban conteniendo el aliento desde
los árboles, ninguno de ellos se atrevió a aceptar el reto.

¿Cuál de estas aventuras elegiremos? Lo mejor será echarlo a suertes.

Lo he echado a suertes y ha ganado la de la laguna. Esto casi le hace desear a uno que hubiesen ganado la de la Garganta, o la de la tarta, o la de la hoja de Campanilla. Por supuesto, podría hacerlo otra vez, y elegir la que se repitiera de tres; sin embargo, tal vez lo más justo sea quedarse con la de la laguna.

CAPÍTULO VIII

La Laguna de las Sirenas

SUMMER DAYS ON THE LAGOON

Verano en la laguna.

Si se cierran los ojos y hay suerte, a veces es posible ver en la oscuridad una balsa sin forma definida de hermosos colores pálidos; luego, si se aprietan más los ojos, la balsa comienza a tomar forma y los colores se vuelven tan brillantes que si aún se apretaran más, arderían esos colores. Pero justo antes de arder, se ve la laguna. Esto es lo más cerca que se puede estar de ella en el mundo real, un momento divino; si pudiese haber dos momentos, se podrían ver las olas y escuchar el canto de las sirenas.

Los niños solían pasar los largos días de verano en esta laguna, nadando o flotando durante la mayor parte del tiempo, jugando a los juegos de las sirenas en el agua, y otras cosas así. No debéis pensar que esto sucedía porque las sirenas estuviesen en términos amistosos con ellos; al contrario, de lo que más se lamentaba Wendy en todo el tiempo que estuvo en la isla era de no recibir nunca una palabra cortés de alguna de ellas. Cuando se acercaba furtivamente a la orilla de la laguna, podía verlas a veintenas, especialmente sobre la Roca de los Abandonados, donde les encantaba tomar el sol mientras se peinaban el cabello de un modo indolente que fastidiaba bastante a Wendy; o incluso podía nadar, de puntillas como si dijéremos, hasta hallarse a una yarda de distancia de ellas, pero entonces las sirenas la veían y se zambullían, probablemente salpicándola con sus colas, y no por casualidad, sino intencionadamente.

Trataban a todos los muchachos del mismo modo, exceptuando, por supuesto, a Peter, quien charlaba con ellas en la Roca de los Abandonados durante horas, y se sentaba sobre sus colas cuando ellas se ponían descaradas. Le regaló a Wendy uno de sus peines.

El momento más fascinante para verlas es cuando cambia la luna, momento en el que emiten extraños gritos de lamento; pero la laguna es peligrosa para los mortales entonces, y hasta aquella noche de la que ahora tenemos que hablar, Wendy jamás había visto la laguna a la luz de la luna; no por miedo, pues, por supuesto, Peter la habría acompañado, sino porque ella tenía reglas estrictas sobre lo de estar todos en la cama a las siete. Sin embargo, iba con frecuencia a la laguna los días soleados, después de llover, cuando las sirenas suben en extraordinaria cantidad a jugar con sus burbujas. Como si se tratasen de pelotas, las sirenas juegan con las burbujas de muchos colores que se forman en el agua del arcoíris, golpeándolas alegremente con sus colas, lanzándoselas de una a otra e intentando mantenerlas en el arcoíris hasta que estallan. Las porterías se encuentran en cada uno de los extremos del arcoíris, y a las porteras tan sólo se les permite utilizar las manos. A veces hay cientos de sirenas jugando a la vez en la laguna, y es un espectáculo realmente bonito.

Pero cuando los niños intentaban unirse al juego, tenían que jugar solos, pues las sirenas desaparecían inmediatamente. Sin embargo, tenemos pruebas de que ellas vigilaban en secreto a los intrusos, y no dejaron de apropiarse de alguna de sus ideas, porque John inició una nueva forma de golpear la burbuja, con la cabeza en lugar de con la mano, y las sirenas la adoptaron. Ésta es la única huella que ha dejado John en el País de Nunca Jamás.

También tenía que haber resultado muy bonito ver a los niños descansar sobre la roca durante media hora después de comer a mediodía. Wendy insistía en que hicieran esto, y tenía que ser un descanso de verdad aunque la comida fuese fingida. De modo que se tumbaban al sol y sus cuerpos relucían sobre ella, mientras Wendy se sentaba a su lado con aire de importancia.

Era uno de esos días, y todos estaban en la Roca de los Abandonados. La roca no era mucho más grande que su gran cama, pero, por supuesto, todos sabían el modo de no ocupar mucho espacio, y dormitaban, o al menos estaban tumbados con los ojos cerrados, y se pellizcaban de vez en cuando creían que Wendy no estaba mirando. Ella estaba muy ocupada cosiendo.

Mientras cosía se produjo un cambio en la laguna. La recorrieron unos ligeros temblores y el sol desapareció; las sombras se deslizaron por el agua y la enfriaron. Wendy ya no era capaz de ver para enhebrar la aguja, y cuando levantó la vista, la laguna que hasta entonces siempre había sido un lugar tan alegre, parecía terrible y hostil.

Sabía que no era la noche lo que había llegado, sino algo tan oscuro como la noche. No, peor que eso. No había llegado, sino que había enviado un temblor a través del agua para decir que venía. ¿Qué era?

Recordó de repente todas las historias que le habían contado sobre la Roca de los Abandonados, llamada así porque capitanes malvados llevaban a ella a marineros y los abandonaban allí para que se ahogaran. Se ahogan cuando sube la marea, pues entonces la roca queda sumergida.

Desde luego, Wendy debería haber despertado a los niños enseguida; no sólo porque algo desconocido se acercaba a ellos, sino porque ya no era bueno para ellos dormir en una roca que estaba tan fría. Pero era una madre inexperta y no lo sabía; creyó simplemente que había que atenerse a la norma de la media hora de descanso después de la comida de mediodía. De modo que, aunque el miedo se apoderaba de ella y anhelaba oír voces masculinas, no les despertaría. Ni siquiera les despertó cuando oyó el sonido apagado de unos remos, aunque tenía el corazón en la boca. Se colocó al lado de los niños para que siguieran durmiendo. ¿No fue un acto valiente por parte de Wendy?

Era bueno para aquellos muchachos que hubiera uno entre ellos que pudiese olfatear el peligro incluso durmiendo. Peter se irguió de un salto, tan despabilado como un sabueso, y, dando un grito de advertencia despertó a los demás.

Permaneció inmóvil, con una mano puesta en la oreja.

—¡Piratas! —exclamó. Los demás se acercaron a él. Una extraña sonrisa se dibujó en su rostro, y Wendy la vio y se estremeció. Mientras mantuvo esa sonrisa en su rostro, nadie se atrevió a dirigirse a él; todo lo que podían hacer era estar preparados para obedecer. La orden llegó tajante y decisiva.

—¡Tiraos al agua!

Se vio un destello de piernas y al instante la laguna pareció desierta. La Roca de los Abandonados se quedó sola en las amenazadoras aguas, como si ella misma estuviese abandonada.

El bote se acercó. Era el bote de remos pirata, con tres figuras en su interior, Smee, Starkey, y la tercera era una cautiva, y no era otra que Tigridia. Le habían atado las manos y los tobillos, y sabía cuál iba a ser su destino. Iba a ser abandonada en la roca para que pereciera, y un final así para alguien de su raza era más terrible que morir quemado o ser torturado, pues, ¿no está escrito en el libro de la tribu que no hay sendero en el agua que lleve al paraíso de la caza? Sin embargo, su rostro permanecía impasible; era la hija de un jefe, tenía que morir como la hija de un jefe, con eso basta.

La habían capturado mientras subía al barco pirata con un cuchillo en la boca. No se hacía guardia en el barco, pues Garfio alardeaba de que el miedo que causaba su nombre protegía al barco en una milla a la redonda. Ahora el destino de Tigridia también ayudaría a protegerlo. Un gemido viajaría en el viento aquella noche.

En la penumbra que les rodeaba, los dos piratas no vieron la roca hasta que chocaron con ella.

—¡Orza la proa, patán! —exclamó una voz irlandesa que era la de Smee—; ahí está la roca. Ahora lo que tenemos que hacer es subir a ella a la india y abandonarla ahí para que se ahogue.

Fue un cruel momento el que tardaron en desembarcar a la hermosa muchacha en la roca; ella era demasiado orgullosa para ofrecer una vana resistencia.

Muy cerca de la roca, pero fuera de la vista, dos cabezas aparecían y desaparecían en el agua; eran las de Peter y Wendy. Wendy lloraba, pues era la primera tragedia que veía. Peter había visto muchas tragedias, pero las había olvidado todas. Sentía menos lástima por Tigridia que Wendy; era el ser dos contra uno lo que le enfurecía, y tenía intención de salvarla. La forma más fácil habría sido esperar a que se marcharan los piratas, pero él nunca elegía la forma más fácil.

No había casi nada que él no pudiera hacer, y en ese momento imitó la voz de Garfio.

—¡Eh, los de allí, patanes! —gritó.

Era una excelente imitación.

—¡El capitán! —dijeron los piratas, mirándose el uno al otro sorprendidos.

—Debe de estar nadando hacia nosotros —dijo Starkey, después de buscarle en vano.

—Estamos poniendo a la india en la roca —gritó Smee.

—¡Soltadla! —fue la asombrosa respuesta.

—¡Soltarla!

—Sí, cortad las cuerdas y dejad que se vaya.

—Pero, capitán...

—¡Enseguida, ya lo habéis oído! —exclamó Peter—, o hundiré mi garfio en vosotros.

—Esto es muy raro —dijo entrecortadamente Smee.

—Es mejor cumplir las órdenes del capitán —dijo Starkey nervioso.

—Sí, sí —dijo Smee, y cortó las cuerdas de Tigridia. Inmediatamente ella se deslizó como una anguila entre las piernas de Starkey y se tiró al agua.

Desde luego Wendy se sentía eufórica por el ingenio de Peter; pero sabía que él también se sentiría eufórico y era muy probable que cacareara y se traicionara de ese modo, así que de inmediato extendió la mano para cubrirle la boca. Pero se detuvo en el acto, pues resonó en la laguna la voz de Garfio que decía «¡Ah del bote!», y esta vez no era Peter quien había hablado.

—¡Ah del bote! —se oyó de nuevo la voz.

Ahora comprendía Wendy. El verdadero Garfio también estaba en el agua.

Nadaba hacia el bote, y como sus hombres le mostraron una luz para guiarle, pronto llegó hasta ellos. A la luz del farol Wendy vio que su garfio se enganchaba al costado del bote; vio su malvado rostro moreno cuando salía del agua empapado, y, temblando, a ella le habría gustado alejarse nadando, pero Peter no se movería. Bullía lleno de vida, y también de presunción.

—No soy genial, ¿eh? ¡Soy genial! —le susurró a Wendy, y aunque ella también lo pensaba, se alegraba mucho, por el bien de la reputación de él, que nadie le oyera salvo ella misma.

Peter le hizo una señal para que escuchara.

Los dos piratas tenían mucha curiosidad por saber qué era lo que le había llevado allí al capitán, pero él estaba sentado con la cabeza apoyada en su garfio en una postura de profunda melancolía.

—Capitán, ¿va todo bien? —le preguntaron tímidamente, pero él respondió con un gemido.

—Suspira —dijo Smee.

—Vuelve a suspirar —dijo Starkey.

—Y aún suspira una tercera vez —dijo Smee.

Luego, por fin habló con vehemencia.

—Se acabó el juego —dijo—. Esos chicos han encontrado una madre.

A pesar de lo asustada que estaba, Wendy se hinchó de orgullo.

—¡Oh, funesto día! —exclamó Starkey.

—¿Qué es una madre? —preguntó el ignorante de Smee.

Wendy se sorprendió tanto que exclamó: «¡No lo sabe!», y después de aquello ella siempre pensó que si pudiera haber tenido un pirata de mascota, Smee habría sido la suya.

Peter la arrastró bajo el agua, pues Garfio se había levantado, gritando:

—¿Qué ha sido eso?

—Yo no he oído nada —dijo Starkey, levantando el farol sobre las aguas, y mientras miraban los piratas, vieron algo extraño. Era el nido del que os he hablado, flotando sobre la laguna, y el ave Nunca Jamás iba sentada en él.

—¡Mirad! —dijo Garfio, respondiendo a la pregunta de Smee—, eso es una madre. ¡Qué lección! El nido debe de haberse caído al agua, pero, ¿abandonaría la madre a sus huevos? No.

Se le quebró la voz, como si por un momento hubiese recordado los inocentes días en los que..., pero se deshizo de esa debilidad con su garfio.

Smee, muy impresionado, miraba fijamente al ave mientras pasaba en el nido, pero Starkey, más suspicaz, dijo:

—Si es una madre, tal vez esté por aquí para ayudar a Peter.

Garfio hizo una mueca.

—Sí —dijo—, ese es el temor que me asalta.

La entusiasta voz de Smee le sacó de su abatimiento.

—Capitán —dijo—, ¿no podríamos secuestrar a la madre de esos chicos y hacer que sea nuestra madre?

—Es un magnífico plan —exclamó Garfio, y de inmediato tomó forma práctica en su gran cerebro—. Atraparemos a los niños y los llevaremos al barco; a los niños les haremos caminar por el tablón, y Wendy será nuestra madre.

De nuevo Wendy se olvidó de sí misma.

—¡Jamás! —exclamó, moviéndose en el agua.

—¿Qué ha sido eso?

Pero no lograron ver nada. Pensaron que debía de haber sido una hoja en el viento.

—¿Estáis de acuerdo, bravucones míos? —preguntó Garfio.

—Aquí está mi mano —dijeron ambos.

—Y aquí está mi garfio. Juremos.

Juraron todos. Para entonces ya estaban en la roca, y de pronto Garfio se acordó de Tigridia.

—¿Dónde está la india? —preguntó de repente.

En algunos momentos le gustaba gastar bromas, y ellos pensaron que era uno de esos momentos.

—Está bien, capitán —contestó Smee con complacencia—; la soltamos.

—¡La soltasteis! —exclamó Garfio.

—Esas fueron sus propias órdenes —titubeó el contramaestre.

—Usted nos llamó desde el agua y nos dijo que la soltáramos —dijo Starkey.

—¡Por todos los diablos, qué engaño es éste! —tronó Garfio.

Su rostro se había ennegrecido de rabia, pero se dio cuenta de que ellos creían en lo que estaban diciendo y se sobresaltó.

—Muchachos —dijo, agitándose un poco—, yo no di esa orden.

—Está pasando algo raro —dijo Smee, y todos se inquietaron. Garfio alzó la voz, pero era una voz temblorosa.

—Espíritu que recorres esta oscura laguna esta noche —dijo—, ¿me oyes?

Por supuesto que Peter debería haberse mantenido callado, pero, por supuesto, no lo hizo. Inmediatamente respondió a la voz de Garfio.

—¡Pues claro que te oigo!

En ese supremo momento Garfio no palideció, ni siquiera un poco, pero Smee y Starkey se agarraron el uno al otro aterrorizados.

—¿Quién eres, extraño? ¡Habla! —exigió Garfio.

—Soy James Garfio —respondió la voz—, capitán del Jolly Roger.

—No, no lo eres —gritó Garfio con voz ronca.

—¡Por todos los diablos! —replicó la voz—, di eso otra vez y te clavo el garfio.

Garfio probó de un modo más benevolente.

—Si tú eres Garfio —dijo, casi con humildad—, dime, ¿quién soy yo?

—Un bacalao —respondió la voz—, sólo un bacalao.

—¡Un bacalao! —repitió Garfio sin comprender, y fue entonces, pero no hasta entonces, cuando se quebró su orgullo. Vio a sus hombres alejarse de él.

—Durante todo este tiempo hemos sido capitaneados por un bacalao —murmuraron—. Es rebajar nuestro orgullo.

Eran sus propios perros los que le mordían, pero, a pesar de la trágica figura en la que se había convertido, apenas les prestó atención. Frente a tan terrible evidencia, no era que ellos creyeran en él lo que ahora necesitaba, sino creer en sí mismo. Sintió que su ego se le escapaba.

—No me abandones, muchacho —susurró con voz ronca.

En su oscura naturaleza había un toque femenino, como lo hay en todos los grandes piratas, y a veces le hacía ser intuitivo. De repente, probó con el juego de las adivinanzas.

—Garfio —llamó—, ¿tienes otra voz?

Bueno, Peter jamás podía resistirte a un juego, y respondió despreocupadamente con su propia voz.

—Sí.

—¿Y otro nombre?

—Sí, sí.

—¿Vegetal? —preguntó Garfio.

—No.

—¿Mineral?

—No.

—¿Animal?

—Sí.

—¿Hombre?

—¡No! —Esta respuesta resonó con desdén.

—¿Muchacho?

—Sí.

—¿Un muchacho corriente?

—¡No!

—¿Un muchacho maravilloso?

Para sufrimiento de Wendy, la respuesta que resonó esta vez fue:

—Sí.

—¿Eres de Inglaterra?

—No.

—¿Estás aquí?

—Sí.

Garfio estaba completamente desconcertado.

—Hacedle algunas preguntas —le dijo a los otros, secándose la frente húmeda.

Smee reflexionó.

—No se me ocurre nada —dijo con tristeza.

—¡No lo adivináis, no lo adivináis! —gritó Peter—. ¿Os rendís?

Por supuesto su orgullo le estaba llevando demasiado lejos, y los malhechores aprovecharon la oportunidad.

—Sí, sí —respondieron con impaciencia.

—Está bien —gritó—. Soy Peter Pan.

¡Pan!

Garfio volvió a ser el mismo en un momento, y Smee y Starkey eran sus fieles secuaces.

—¡Ya le tenemos! —gritó Garfio—. ¡Al agua, Smee! ¡Starkey, ocúpate del bote! ¡Atrapadle vivo o muerto!

Dio un salto mientras hablaba, y al mismo tiempo se oyó la alegre voz de Peter.

—¿Estáis preparados, chicos?

—Sí, sí —se oyó en varias partes de la laguna.

—Entonces, dadles una paliza a los piratas.

La lucha fue breve e intensa. El primero en hacer brotar sangre fue John, quien valientemente subió al bote y agarró a Starkey. Fue una lucha feroz, en la que el sable le fue arrebatado al pirata. Se tiró por la borda y John saltó tras él. El bote se alejó a la deriva.

Aquí y allá asomaba una cabeza en el agua, y se veía un destello de acero seguido de un grito o un alarido. En la confusión, algunos golpeaban a los de su propio bando. El sacacorchos de Smee hirió a Tootles en la cuarta costilla, pero a su vez éste fue golpeado por Curly. Más alejados de la roca, Starkey presionaba con fuerza a Slightly y a los gemelos.

¿Dónde estuvo Peter durante todo este tiempo? Buscando una presa más grande.

Todos los demás muchachos eran valientes, y no se les debería culpar de haber retrocedido ante el capitán pirata. Su garra de hierro trazó un círculo mortal a su alrededor en el agua del que huyeron ellos como peces asustados.

Pero había uno que no le temía; había uno dispuesto a entrar en ese círculo.

Por extraño que parezca, no fue en el agua donde se encontraron. Garfio subió a la roca para tomar aliento, y en ese mismo momento Peter escalaba por el lado opuesto. La roca era resbaladiza como una pelota y tenían que arrastrarse en lugar de escalar. Ninguno de ellos sabía que el otro se acercaba. Al ir palpando cada uno de ellos para hallar donde agarrarse, se encontraron con el brazo del otro. Sorprendidos levantaron la cabeza; sus rostros casi se tocaban; así se encontraron.

Algunos de los héroes más grandes han confesado que justo antes de atacar se desaniman. Si eso le hubiese sucedido a Peter en ese momento, yo lo admitiría. Después de todo, Garfio era el único hombre a quien temía Sea-Cook. Pero Peter no se desanimó, sólo tenía un sentimiento, alegría; y sus bonitos dientes rechinaron de júbilo. Tan rápido como el pensamiento arrebató el cuchillo a Garfio de su cinturón y estaba a punto de clavárselo cuando se dio cuenta de que estaba más arriba en la roca que su enemigo. No habría sido una lucha justa. Le tendió la mano al pirata para ayudarle a subir.

Fue entonces cuando Garfio le mordió.

No fue el dolor, sino la injusticia lo que aturdió a Peter. Se sintió bastante indefenso. Sólo era capaz de mirarle fijamente, horrorizado. A todos los niños les afecta la primera vez que son tratados injustamente. Todo a lo que él cree que tiene derecho es a la justicia cuando se acerca a ti para hacerte suyo. Después de haber sido injusto con él, te volverá a querer, pero ya nunca volverá a ser el mismo niño después de eso. Nadie supera nunca la primera injusticia; nadie, excepto Peter. A menudo se encontraba con ella, pero siempre la olvidaba. Supongo que esa era la verdadera diferencia entre él y los demás.

De modo que cuando se encontró con esa injusticia, era como si fuera la primera vez; y sólo era capaz de mirar fijamente, indefenso. Dos veces le arañó la mano de hierro.

Momentos después, los demás muchachos vieron a Garfio en el agua nadando enloquecidamente hacia el barco; no había euforia ahora en su pestilente rostro, tan sólo estaba blanco de miedo, pues el cocodrilo le perseguía con tenacidad. En circunstancias normales, los muchachos habrían nadado a su lado animando; pero ahora estaban inquietos, pues habían perdido a Peter y a Wendy, y estaban recorriendo la laguna en su busca, llamándoles por su nombre. Encontraron el bote y se fueron en él a casa, gritando «Peter, Wendy» mientras avanzaban, pero no llegaba ninguna respuesta, salvo las risas burlonas de las sirenas.

—Deben de estar volviendo a casa nadando o volando —dedujeron los niños.

No estaban muy angustiados gracias a la fe que tenían en Peter. Se reían, como niños que eran, porque llegarían tarde para irse a la cama; ¡y todo por culpa de mamá Wendy!

Cuando sus voces se extinguieron, se produjo un frío silencio en la laguna, y luego un débil grito.

—¡Socorro! ¡Socorro!

Dos pequeñas figuras se golpeaban contra las rocas; la niña se había desmayado y yacía sobre el brazo del muchacho. Con un último esfuerzo, Peter tiró de ella y la subió a la roca, y luego se tumbó a su lado. Incluso cuando él también se desmayaba vio que el agua estaba subiendo. Sabía que pronto se ahogarían, pero no podía hacer nada más.

Mientras yacían uno al lado del otro, una sirena agarró a Wendy por los pies y empezó a tirar de ella suavemente para meterla en el agua. Peter, sintiendo que se resbalaba de su lado, se despertó sobresaltado y justo a tiempo para hacerla retroceder. Pero tenía que decirle a ella la verdad.

—Estamos en la roca, Wendy —dijo—, pero cada vez es más pequeña. Pronto el agua la cubrirá del todo.

Ni siquiera ahora lo entendía ella.

—Debemos irnos —dijo, casi radiante.

—Sí —respondió él débilmente.

—¿Iremos nadando o volando, Peter?

Él tuvo que decírselo.

—¿Crees que podrías nadar o volar hasta la isla, Wendy, sin mi ayuda?

Ella tuvo que admitir que estaba demasiado cansada.

Él gimió.

—¿Qué pasa? —preguntó ella, preocupándose por él de inmediato.

—No puedo ayudarte, Wendy. Garfio me ha herido. No puedo volar ni nadar.

—¿Quieres decir que nos ahogaremos los dos?

—Mira cómo está subiendo el agua.

Se taparon los ojos con las manos para no verlo. Pensaron que pronto dejarían de existir. Mientras estaban sentados, algo rozó a Peter con la suavidad de un beso, y se quedó allí, como si dijera tímidamente: «¿Puedo ser de alguna utilidad?».

Era la cola de una cometa que Michael había hecho unos días antes. Se le había escapado de la mano y se había alejado volando.

—La cometa de Michael —dijo Peter, sin mostrar interés, pero al momento siguiente ya había agarrado la cola y estaba tirando de la cometa hacia él.

—Elevó a Michael del suelo —exclamó—, ¿por qué no habría de llevarte?

—¡A los dos!

—No puede elevar a dos; Michael y Curly lo intentaron.

—Echémoslo a suertes —dijo Wendy con valentía.

—Eres una dama, eso jamás.

Ya le había atado la cola a la cintura. Ella se aferró a él; se negaba a irse sin él; pero con un «Adiós, Wendy», Peter la empujó de la roca; y a los pocos minutos ella desapareció de su vista. Peter estaba solo en la laguna.

La roca ya era muy pequeña ahora; pronto se sumergiría. Pálidos rayos de luz cruzaban de puntillas las aguas; y al cabo de un rato se oyó el sonido más musical, y a la vez más melancólico del mundo; las sirenas invocando a la luna.

Peter no era como los demás muchachos; pero al fin tenía miedo. Un temblor le recorrió el cuerpo, como un estremecimiento que pasara sobre el mar; pero en el mar un estremecimiento sigue a otro hasta que hay cientos de ellos, y Peter sintió sólo ese. Al momento siguiente ya estaba erguido de nuevo sobre la roca, con esa sonrisa en su semblante y un redoble de tambores en su interior que estaba diciendo: «Morir será una tremenda gran aventura».

CAPÍTULO IX

El ave Nunca Jamás

"TO DIE WILL BE AN AWFULLY BIG ADVENTURE?"

«¡La muerte debe de ser una gran aventura!».

El último sonido que oyó Peter antes de quedarse completamente solo fue el de las sirenas que se retiraban una a una a sus dormitorios bajo el mar. Estaban demasiado lejos para oír cerrarse sus puertas; pero en cada puerta de las cuevas de coral donde ellas viven suena una campanilla cuando se abre o se cierra (como en todas las casas más elegantes del mundo real), y él oyó las campanillas.

Las aguas subieron ininterrumpidamente hasta mordisquearle los pies; y para pasar el tiempo hasta que dieran su último bocado, observaba la única cosa que había en la laguna. Creyó que era un trozo de papel flotando, quizás parte de la cometa, y se preguntaba despreocupadamente cuánto tiempo tardaría en llegar a la orilla.

Pronto se dio cuenta extrañado de que indudablemente aquello estaba en la laguna con un claro propósito, pues luchaba contra la marea, y a veces ganaba; y cuando ganaba, Peter, siempre comprensivo con el bando más débil, no podía evitar aplaudir; era un pedazo de papel muy valiente.

En realidad, no era un trozo de papel; era el ave Nunca Jamás, realizando desesperados esfuerzos por llegar hasta Peter sobre el nido. Agitando las alas, de un modo que había aprendido después de que el nido cayera al agua, era capaz hasta cierto punto de guiar su extraña embarcación, pero cuando Peter la reconoció, ya estaba muy agotada. Había venido a salvarle, a ofrecerle su nido, aunque había huevos en él. Me sorprende el ave, pues aunque él había sido amable con ella, también la había atormentado algunas veces. Lo único que puedo suponer es que, al igual que la señora Darling y los demás, se había ablandado porque Peter aún tenía todos sus dientes de leche.

Ella le dijo a qué había ido, y él le preguntó qué estaba haciendo ella allí; pero, por supuesto, ninguno de los dos entendía el lenguaje del otro. En las historias de fantasía la gente puede hablar con las aves libremente, y desearía en este momento poder fingir que ésta era una de esas historias, y decir que Peter respondió inteligentemente al ave Nunca Jamás; pero la verdad es mejor, y quiero contaros lo que realmente sucedió. Bueno, no sólo no se entendían el uno al otro, sino que olvidaron sus modales.

—Quiero - que - entres - en - el - nido —dijo el ave, hablando de la forma más lenta y clara posible— y - después - podrás - ir - a - la - deriva - hasta - la - orilla, - pero - estoy - demasiado - cansada - para - acercarme - más, - así - que - tienes - que - intentar - nadar - hasta - el - nido.

—¿Qué estás graznando? —respondió Peter—. ¿Por qué no dejas que el nido vaya a la deriva como siempre?

—Quiero - que... —dijo el ave, y repitió todo de nuevo.

Entonces Peter habló despacio y claro.

—¿Qué - estás - graznando? —y todo lo demás.

El ave Nunca Jamás empezó a enfadarse. Los dos tenían mal genio.

—¡Pequeño arrendajo cabezón! —exclamó el ave—. ¿Por qué no haces lo que te digo?

Peter creyó que le estaba insultando, y en un arrebató replicó acaloradamente:

—¡Eso lo serás tú!

Luego, por raro que parezca, ambos soltaron el mismo comentario:

—¡Cállate!

—¡Cállate!

Sin embargo, el ave estaba decidida a salvarle si le era posible, y en un último gran esfuerzo, empujó con fuerza el nido contra la roca. Después alzó el vuelo, dejando abandonados sus huevos para que quedara claro lo que quería decir.

Al fin comprendió Peter. Se aferró al nido y le dio las gracias al ave mientras ésta revoloteaba sobre su cabeza. Sin embargo, no fue para recibir su agradecimiento por lo que se quedó suspendida en el cielo; ni siquiera por verle entrar en el nido; era para ver qué hacía él con los huevos.

Había dos huevos blancos grandes; Peter los cogió y reflexionó. El ave se cubrió la cara con las alas, como si no quisiese ver su final; pero no pudo evitar espiar entre las plumas.

No recuerdo si os he dicho que hay un palo en la roca que unos bucaneros clavaron allí hace mucho tiempo para señalar el lugar donde había un tesoro enterrado. Los niños habían descubierto el resplandeciente tesoro y, cuando estaban de mal humor, solían lanzar a las gaviotas lluvias de monedas de oro y de cobre, diamantes y perlas, sobre las que éstas se abalanzaban como si se tratase de comida, y después se alejaban volando, enfurecidas por la vil broma que les habían gastado. El palo aún se encontraba allí, y sobre él colgaba el sombrero de Starkey, un sombrero de ala ancha, impermeable. Peter metió los huevos en él y lo soltó en la laguna. Flotaba maravillosamente.

El ave Nunca Jamás vio enseguida lo que estaba tramando y chilló de admiración por él: y, ¡ay!, Peter cacareó para expresar que estaba de acuerdo con ella. Después se metió en el nido, alzó el palo en el nido como si fuese un mástil y colgó su camisa a modo de vela. En ese mismo momento, el ave revoloteó sobre el sombrero y una vez más se sentó cómodamente sobre sus huevos. Ella se fue a la deriva en una dirección y Peter fue arrastrado en otra, ambos gritando de entusiasmo.

Naturalmente, cuando Peter llegó a tierra varó su embarcación en un lugar donde el ave la encontrara fácilmente; pero el sombrero tuvo tanto éxito que abandonó el nido. Éste fue a la deriva hasta hacerse pedazos. A menudo Starkey iba a la orilla de la laguna, y con un sentimiento muy amargo, observaba al ave sentada en su sombrero. Como no volveremos a verla, merecería la pena mencionar aquí que ahora las aves Nunca Jamás construyen sus nidos con esta forma, con un ala ancha en la que los polluelos toman el aire.

Grande fue el regocijo cuando Peter llegó a la casa subterránea casi tan pronto como Wendy, quien había sido llevada de un lado a otro por la cometa. Todos los niños tenían aventuras que contar, pero quizás, la mayor aventura de todas era la de irse a la cama varias horas tarde. Tanto quisieron ampliarla que intentaron varios trucos para permanecer despiertos aún más tiempo, tales como el de pedir vendas; pero Wendy, aunque se enorgullecía de tenerles a todos en casa sanos y salvos, se escandalizó por lo tarde que era y exclamó: «¡A la cama, a la cama!», con una voz que había que obedecer. Al día siguiente, sin embargo, fue tremendamente cariñosa, repartió vendas para todos, y jugaron hasta la hora de acostarse a andar cojeando y llevar brazos en cabestrillo.

CAPÍTULO X

El hogar feliz

Un importante resultado del enfrentamiento en la laguna fue que se hicieron amigos de los pieles rojas. Peter había salvado a Tigridia de su fatal destino, y ahora no había nada que ella y sus valientes no hicieran por él. Pasaban la noche arriba, vigilando encima de la casa subterránea y esperando el gran ataque de los piratas que, obviamente, no podía demorarse mucho más tiempo. Incluso durante el día andaban por allí, fumando la pipa de la paz, casi con aspecto de desear tomar un refrigerio con ellos.

A Peter le llamaban Gran Padre Blanco y se postraban ante él; y a Peter le gustaba muchísimo eso, de modo que no le hacía ningún bien en realidad.

—El gran padre blanco —les decía con altanería mientras ellos se arrastraban a sus pies— se alegra de ver que los guerreros piccaninny protegen su tienda de los piratas.

—Yo, Tigridia —decía aquella adorable criatura—, ser salvada por Peter Pan, yo ser gran amiga suya. Yo no permitir piratas hacerle daño.

Era demasiado bonita para rebajarse de esa manera, pero Peter pensaba que era lo que correspondía, y respondía con condescendencia.

—Está bien. Peter Pan ha hablado.

Siempre que decía «Peter Pan ha hablado» significaba que los demás debían callarse, y lo aceptaban humildemente con ese espíritu; pero de ninguna manera eran tan respetuosos con los demás muchachos, a quienes consideraban unos valientes ordinarios. Les preguntaban «¿Qué tal?», y cosas por el estilo; y lo que molestaba a los chicos era que Peter parecía pensar que eso estaba bien.

Aunque no dijera nada, Wendy sentía cierta lástima por ellos, pero era un ama de casa demasiado fiel para escuchar cualquier queja contra el padre. «Papá sabe lo que es mejor», decía siempre, cualquiera que fuese su opinión particular. Su opinión particular era que los pieles rojas no deberían llamarla *esposa*[1].

Llegamos ahora a la noche que sería conocida como la Noche de las Noches, por sus aventuras y su resultado. El día, como si hubiese estado reuniendo fuerzas discretamente, había transcurrido casi sin incidentes, y ahora los indios ataviados con sus mantas se encontraban arriba, en sus puestos, mientras los niños cenaban abajo; todos excepto Peter, que había salido para saber qué hora era. El modo de saber la hora en la isla era encontrar al cocodrilo y luego permanecer cerca de él hasta que el reloj daba la hora.

La cena resultó ser un té fingido, y todos estaban sentados alrededor de la mesa, engullendo con glotonería; y realmente, con su parloteo y reproches, el ruido, según decía Wendy, era realmente ensordecedor. Sin duda, a ella no le importaba el ruido, pero simplemente no permitiría que agarraran cosas y luego se excusaran diciendo que Tootles les había empujado en el codo. Había una norma fija que establecía que nunca debían devolver el golpe en las comidas, sino que debían remitir el asunto de la disputa a Wendy levantando el brazo derecho educadamente y diciendo: «Me quejo de fulano», pero solía suceder que olvidaban hacerlo o lo hacían demasiadas veces.

—¡Silencio! —exclamaba Wendy cuando ya les había dicho veinte veces que no hablaran todos a la vez—. ¿Está vacía tu calabaza, Slightly, cariño?

—No del todo, mamá —decía Slightly, después de mirar en el interior del tazón imaginario.

—Ni siquiera ha empezado a beberse la leche —interrumpió Nibs. Esto era acusar, y Slightly aprovechó su oportunidad.

—Me quejo de Nibs —gritó inmediatamente.

John, sin embargo, había levantado primero la mano.

—¿Y bien, John?

—¿Puedo sentarme en la silla de Peter, ya que no está aquí?

—¡Sentarte en la silla de papá, John! —dijo Wendy escandalizada—. ¡Por supuesto que no!

—Él no es realmente nuestro padre —respondió John—. Ni siquiera sabía cómo era un padre hasta que yo se lo enseñé.

---

[1] *Squaw* en el original. Esposa india norteamericana. *(N. de la T.)*

Esto era quejarse.

—Nos quejamos de John —gritaron los gemelos.

Tootles levantó la mano. Era, con diferencia, el más humilde; de hecho, era el único humilde, y Wendy era muy amable con él.

—Supongo —dijo Tootles tímidamente— que yo no podría ser papá.

—No, Tootles.

Una vez que Tootles empezaba a hablar, lo cual no era muy frecuente, tenía una forma muy tonta de continuar.

—Como no puedo ser papá —dijo torpemente—, supongo, Michael, que no me dejarías ser bebé.

—No, no lo haré —espetó Michael, que ya estaba en su cesto.

—Como no puedo ser bebé —dijo Tootles, poniéndose cada vez más pesado—, ¿creéis que podría ser un gemelo?

—Claro que no —respondieron los gemelos—, es tremendamente difícil ser un gemelo.

—Como no puedo ser nada importante —dijo Tootles—, ¿os gustaría verme hacer un truco?

—No —respondieron todos.

Entonces por fin abandonó.

—En realidad, no tenía ninguna esperanza —dijo.

Las odiosas quejas estallaron de nuevo.

—Slightly está tosiendo en la mesa.

—Los gemelos han empezado con los boniatos.

—Curly está comiendo dos cosas, rollos de carne y zapotes.

—Nibs está hablando con la boca llena.

—Me quejo de los gemelos.

—Me quejo de Curly.

—Me quejo de Nibs.

—¡Oh, Dios mío, Dios mío! —exclamó Wendy—. Estoy convencida de que a veces los niños dan más problemas de lo que merece la pena.

Les dijo que quitaran la mesa y se sentó con su cesta de labor: un gran montón de calcetines y rodillas con agujeros, como era habitual.

—Wendy —protestó Michael—, soy demasiado grande para estar en una cuna.

—Tiene que haber alguien en una cuna —dijo ella casi con aspereza—, y tú eres el más pequeño. Una cuna es algo muy hogareño que hay que tener en casa.

Mientras cosía ellos jugaban a su alrededor; un grupo de por sí de caras felices y brazos y piernas danzantes iluminadas por aquel amoroso fuego. Se había convertido en una escena muy familiar en la casa subterránea, pero la estamos contemplando por última vez.

Se oyeron pasos arriba, y Wendy, podéis estar seguros, fue la primera en reconocerlos.

—Niños, oigo los pasos de vuestro padre. Le gusta que salgáis a la puerta a su encuentro.

Arriba, los pieles rojas estaban postrados ante Peter.

—Vigilad bien, valientes. He hablado.

Luego, como tantas veces antes, los alegres niños le sacaron a rastras de su árbol. Como tantas veces antes, pero nunca más.

Había traído nueces para los niños, así como la hora exacta para Wendy.

—Peter, les estás malcriando, ya sabes —dijo, sonriendo con afectación.

—¡Ah, vieja! —dijo Peter, colgándose el rifle.

—Fui yo quien le dijo que a las madres se las llama vieja —susurró Michael a Curly.

—Me quejo de Michael —dijo Curly al instante.

El primer gemelo se acercó a Peter.

—Papá, queremos bailar.

—Pues baila, jovencito —dijo Peter, que estaba de muy buen humor.

—Pero queremos que bailes tú.

Peter era en realidad el que mejor bailaba de ellos, pero fingió escandalizarse.

—¡Yo! Me sonarían mis viejos huesos.

—Y mamá también.

—¡Qué —exclamó Wendy—, la madre de este montón de niños, bailar!

—Pero es sábado por la noche —insinuó Slightly.

Realmente no era sábado por la noche, pero podría haberlo sido, pues hacía mucho tiempo que habían perdido la cuenta de los días;

no obstante, siempre que querían hacer algo especial decían que era sábado por la noche, y entonces lo hacían.

—Por supuesto que es sábado por la noche, Peter —dijo Wendy, cediendo.

—¡Personas de nuestra posición, Wendy!

—Pero es entre nuestra prole.

—Cierto, cierto.

De modo que les dijeron que podían bailar, pero primero debían ponerse sus pijamas.

—Ah, vieja —dijo Peter a Wendy aparte, mientras se calentaba junto al fuego y bajaba la mirada hacia ella, que estaba sentada, dándole la vuelta a un calcetín—, no hay nada más agradable para ti y para mí por la tarde, cuando ha terminado el trabajo del día, que descansar junto al fuego con los pequeños cerca.

—Es agradable, ¿verdad, Peter? —dijo Wendy tremendamente satisfecha—. Peter, creo que Curly tiene tu nariz.

—Michael se parece a ti.

Wendy fue hacia él y le puso la mano en el hombro.

—Querido Peter —dijo—, con esta familia tan grande, por supuesto, se ha pasado lo mejor de mí, pero tú no quieres cambiarme, ¿verdad?

—No, Wendy.

Ciertamente no quería perderla, pero la miró incómodo; parpadeando, ya sabéis, como quien no está seguro de si está despierto o dormido.

—Peter, ¿qué pasa?

—Sólo estaba pensando —dijo un poco asustado—. Es sólo fingido que sea su padre, ¿verdad?

—Oh, sí —dijo Wendy con remilgo.

—Es que —continuó él a modo de disculpa— me haría parecer muy mayor ser su verdadero padre.

—Pero son nuestros, Peter, tuyos y míos.

—Pero no realmente, ¿verdad, Wendy? —preguntó inquieto.

—No, si tú no lo deseas —contestó ella; y oyó claramente cómo daba un suspiro de alivio—. Peter, ¿cuáles son exactamente tus sentimientos hacia mí? —le preguntó, intentando hablar con firmeza.

—Los de un hijo devoto, Wendy.

—Eso pensaba —dijo ella, y fue a sentarse a solas al otro extremo de la habitación.

—¡Eres tan rara! —dijo él realmente desconcertado—. Y Tigridia es exactamente igual. Quiere ser algo para mí, pero dice que no mi madre.

—No, claro, eso no —respondió Wendy con un énfasis tremendo.

Ahora sabemos por qué Wendy tenía prejuicios contra los pieles rojas.

—¿Entonces qué?

—No es para que te lo cuente una dama.

—Ah, muy bien —dijo Peter algo molesto—. Tal vez me lo cuente Campanilla.

—Oh, sí, Campanilla te lo contará —replicó Wendy con desdén—. Es una criaturita atrevida.

En ese momento, Campanilla, que estaba en su tocador escuchando a escondidas, gritó algo con insolencia.

—Dice que se alegra de ser una atrevida —tradujo Peter.

De repente se le ocurrió una idea.

—Tal vez Campanilla quiera ser mi madre.

—¡Eres tonto! —exclamó Campanilla en un arrebato.

Lo había dicho con tanta frecuencia que Wendy no necesitó que se lo tradujera.

—Casi estoy de acuerdo con ella —dijo Wendy con brusquedad. Imaginaos a Wendy hablando con brusquedad. Pero la habían puesto a prueba muchas veces, y poco sabía lo que iba a suceder antes de que terminara la noche. Si lo hubiese sabido no habría hablado con brusquedad.

Ninguno de ellos lo sabía. Tal fue mejor que no lo supieran. Su ignorancia les proporcionó otra hora más de alegría; y como iba a ser su última hora en la isla, alegrémonos de que tuviera sesenta minutos. Cantaron y bailaron en pijama. Era una canción tan deliciosamente espeluznante, que fingían en ella que se asustaban de sus propias sombras; no eran conscientes de lo pronto que se acercarían las sombras y se les echarían encima, ante las que se encogerían de auténtico miedo. ¡Qué alegre y divertido era el baile, y cómo se zarandeaban sobre la cama y fuera de ella! Era una pelea de almohadas más que un baile, y cuando acabó, las almohadas insistieron en un ataque más, como compañeros que saben que nunca más volverán a encontrarse. Se contaron historias antes de la hora del cuento de buenas noches de Wendy. Hasta Slightly intentó contar una historia esa noche, pero el principio era tan tremendamente aburrido que incluso él mismo se horrorizó, y dijo sombríamente:

—Sí, es un principio aburrido. Bueno, finjamos que es el final.

Y luego, por fin, todos se metieron en la cama para escuchar el cuento de Wendy, el cuento que más les gustaba, el que Peter detestaba. Normalmente, cuando ella empezaba a contar este cuento, él abandonaba la habitación o se ponía las manos en las orejas; y, posiblemente, si hubiese hecho cualquiera de estas dos cosas esta vez aún estarían todos en la isla. Pero esa noche se quedó en su taburete; y veremos lo que sucedió.

CAPÍTULO XI

El cuento de Wendy

WENDY'S STORY

El cuento de Wendy.

Bueno, escuchad —dijo Wendy, concentrándose en su cuento, con Michael a sus pies y siete niños en la cama—. Había una vez un caballero...

—Yo hubiese preferido que fuera una dama —dijo Curly.

—¡Ojalá hubiese sido una rata blanca! —dijo Nibs.

—Silencio —les reprendió su madre—. Había una dama también, y...

—¡Oh, mamá! —exclamó el primer gemelo—. Quieres decir que hay una dama también, ¿verdad? No está muerta, ¿verdad?

—Oh, no.

—Me alegro muchísimo de que no esté muerta —dijo Tootles—. ¿Tú te alegras, John?

—Por supuesto que me alegro.

—¿Tú te alegras, Nibs?

—Ya lo creo.

—¿Vosotros os alegráis, gemelos?

—Claro que nos alegramos.

—¡Oh, Dios mío! —exclamó Wendy.

—Menos ruido por ahí —gritó Peter, decidido a que le fuese bien a ella con el cuento, a pesar de lo horroroso que fuese en su opinión.

—El caballero se llamaba señor Darling —continuó Wendy—, y la dama se llamaba señora Darling.

—Yo les conocí —dijo John para fastidiar a los demás.

—Yo creo que también les conocí —dijo Michael sin demasiada convicción.

—Estaban casados, ya sabéis —explicó Wendy—, ¿y qué creéis que tenían ellos?

—Ratas blancas —dijo Nibs, inspirado.

—No.

—Es muy misterioso —dijo Tootles, quien se sabía el cuento de memoria.

—Calla, Tootles. Tenían tres descendientes.

—¿Qué son descendientes?

—Bueno, tú eres uno, gemelo.

—¿Has oído eso, John? Soy un descendiente.

—Los descendientes no son más que niños —dijo John.

—¡Oh, Dios mío, Dios mío! —suspiró Wendy—. Pues bien, estos tres niños tenían una fiel niñera que se llamaba Nana; pero el señor Darling se enfadó con ella y la ató con una cadena en el patio; por eso los niños se escaparon.

—Es un cuento tremendamente bueno —dijo Nibs.

—Se escaparon volando —continuó Wendy— al País de Nunca Jamás, donde están los niños perdidos.

—Justo lo que yo pensaba —interrumpió Curly entusiasmado—. No sé cómo, pero es justo lo que yo pensaba.

—Oh, Wendy —dijo Tootles—, ¿se llamaba Tootles uno de los niños perdidos?

—Así es.

—Estoy en el cuento. ¡Hurra! Estoy en el cuento, Nibs.

—Silencio. Ahora quiero que penséis en los sentimientos de los desdichados padres cuando se escaparon todos sus hijos.

—¡Oh! —gimieron todos, aunque en realidad no estaban pensando ni un pizca en los sentimientos de los desdichados padres.

—¡Pensad en las camas vacías!

—¡Oh!

—Es tremendamente triste —dijo el primer gemelo alegremente.

—No comprendo cómo puede tener un final feliz —dijo el segundo gemelo—. ¿Y tú, Nibs?

—Estoy terriblemente preocupado.

—Si supierais lo grande que es el amor de una madre —les contó Wendy triunfante—, no tendríais miedo.

Llegaba ahora a la parte que Peter detestaba.

—A mí sí que me gusta el amor de una madre —dijo Tootles, dándole un almohadazo a Nibs—. ¿Te gusta el amor de una madre, Nibs?

—Ya lo creo —dijo Nibs, dándole un almohadazo como respuesta.

—Veréis —dijo Wendy con complacencia—, nuestra heroína sabía que la madre siempre dejaría abierta la ventana para que sus hijos entraran por ella volando; así que ellos se mantuvieron alejados durante años y lo pasaron muy bien.

—¿Regresaron alguna vez?

—Ahora —dijo Wendy, preparándose para realizar su mayor esfuerzo— vamos a asomarnos al futuro. —Y ellos se retorcieron del modo que hace que asomarse al futuro sea más fácil—. Han pasado los años, ¿y quién es esa elegante dama de edad incierta que se apea en la estación de Londres?

—Oh, Wendy, ¿quién es? —preguntó Nibs, emocionándose como si no lo supiera.

—¿Puede ser... sí... no... es... la hermosa Wendy?

—¡Oh!

—¿Y quiénes son las dos nobles y corpulentas figuras que la acompañan, que ahora han crecido y ya son hombres? ¿Pueden ser John y Michael? ¡Lo son!

—¡Oh!

«Mirad, queridos hermanos —dice Wendy, señalando hacia arriba—, ahí está todavía la ventana abierta. ¡Oh! Ahora somos recompensados por nuestra fe sublime en el amor de una madre». De modo que suben volando hacia mamá y papá; y no hay pluma que pueda describir la feliz escena, sobre la cual corremos un velo.

Ese era el cuento, y les agradaba tanto como a la propia narradora. Todo como debería ser, ya veis. Nos alejamos como los seres más despiadados del mundo, que es lo que son los niños, aunque resulten tan atractivos; y durante un tiempo somos completamente egoístas; pero luego, cuando necesitamos especial atención, regresamos noblemente a buscarla, confiados en que nos abrazarán en vez de darnos un azote.

De hecho, tan grande es su fe en el amor de una madre que creen que podrían permitirse ser unos inconscientes durante un poquito más de tiempo.

Pero había uno allí que sabía más; y cuando Wendy terminó, lanzó un gemido sordo.

—¿Qué pasa, Peter? —dijo ella, corriendo hacia él, creyendo que estaba enfermo. Le palpó solícitamente más abajo del pecho—. ¿Qué te pasa, Peter?

—No es esa clase de dolor —respondió Peter en tono funesto.

—Entonces, ¿de qué clase es?

—Wendy, estás equivocada sobre las madres.

Todos se reunieron en torno suyo asustados, pues la agitación de Peter resultaba alarmante; y con total franqueza les contó lo que hasta entonces había mantenido oculto.

—Hace tiempo —dijo—, pensaba como vosotros, que mi madre mantendría siempre la ventana abierta para mí; de modo que permanecí lejos lunas y lunas y lunas, y después volé de regreso; pero la ventana tenía rejas, pues mi madre había olvidado todo sobre mí y había otro niño durmiendo en mi cama.

No estoy seguro de que esto fuera cierto, pero Peter pensaba que era cierto, y les asustó.

—¿Estás seguro de que todas las madres son así?

—Sí.

Así que esa era la verdad sobre las madres. ¡Qué falsas!

Aun así es mejor tener cuidado; y nadie sabe tan rápido como un niño cuando debería ceder.

—Wendy, vámonos a casa —dijeron John y Michael a la vez.

—Sí —dijo ella, agarrándoles con firmeza.

—¿Pero, esta noche? —preguntaron los niños perdidos desconcertados.

Sabían por lo que les decía su corazón que uno puede arreglárselas sin una madre, y únicamente son las madres las que creen que no puede.

—Inmediatamente —respondió Wendy con resolución, pues había tenido un horrible pensamiento: «Tal vez mamá ya esté medio de luto ahora».

Este temor hizo que se olvidara de los sentimientos que debía de tener Peter, y le dijo con bastante aspereza:

—Peter, ¿harás los preparativos necesarios?

—Si así lo deseas —respondió él con frialdad, como si le hubiese pedido que le pasara las nueces.

No hubo ni un «siento perderte» entre ellos. Si a ella no le importaba que se separaran, él iba a demostrar, pues era Peter, que a él tampoco.

Pero, por supuesto, le preocupaba mucho; y se sentía tan lleno de ira contra los adultos, quienes, como era habitual, estaban echándolo todo a perder, que tan pronto como se metió en su árbol, respiró intencionadamente con respiraciones rápidas y breves a un ritmo de cinco por segundo. Lo hizo porque hay un dicho en el País de Nunca Jamás que dice que cada vez que respiras muere un adulto; y Peter estaba matándoles por venganza a la mayor velocidad posible.

Después de dar las instrucciones necesarias a los pieles rojas Peter regresó a casa, donde había tenido lugar una escena vergonzosa durante su ausencia. Presos del pánico ante la idea de perder a Wendy, los niños perdidos habían avanzado hacia ella amenazadoramente.

—Será peor que antes de que viniera —exclamaron.

—No permitiremos que se vaya.

—¡La mantendremos prisionera!

—Sí, la ataremos.

Ante la gravedad de su situación, el instinto le dijo a Wendy a quién de ellos dirigirse.

—Tootles —dijo Wendy— recurro a ti.

¿No resulta extraño? Recurrió a Tootles, al más bobo.

Sin embargo, Tootles respondió con grandeza, pues dejó a un lado su estupidez y habló con dignidad.

—Sólo soy Tootles —dijo— y a nadie le importo, pero al primero que no se porte con Wendy como un caballero, le haré sangrar de verdad.

Desenvainó su pequeño sable, y por un instante brilló él como el sol a mediodía. Los demás se contuvieron inquietos. Luego Peter regresó, y enseguida se dieron cuenta de que no obtendrían ninguna ayuda de él. Él no retendría a una chica en el País de Nunca Jamás en contra de su voluntad.

—Wendy —dijo, paseando de un lado para otro—, he pedido a los pieles rojas que te guíen a través del bosque, ya que volar te cansa tanto.

—Gracias, Peter.

—Luego —continuó Peter, con la voz cortante y severa de quien está acostumbrado a ser obedecido—, Campanilla te llevará por el mar. Despiértala, Nibs.

Nibs tuvo que llamar dos veces a la puerta antes de obtener respuesta, aunque Campanilla en realidad estaba sentada en la cama, escuchando desde hacía rato.

—¿Quién eres? ¿Cómo te atreves? ¡Vete! —gritó.

—Tienes que levantarte, Campanilla —dijo Nibs—, tienes que llevar de viaje a Wendy.

Por supuesto, a Campanilla le había encantado oír que Wendy se marchaba; pero no estaba dispuesta a ser su guía, y lo dijo con un lenguaje aún más ofensivo. Luego fingió quedarse dormida de nuevo.

—Dice que no irá —exclamó Nibs, espantado ante semejante insubordinación, tras lo cual Peter se dirigió con severidad hacia la habitación de la jovencita.

—¡Campanilla! —espetó— si no te levantas y te vistes enseguida, abriré las cortinas y entonces te veremos todos en *négligée*.

Esto hizo que se levantara de un salto.

—¿Quién ha dicho que no estaba levantada? —exclamó.

Mientras tanto, los niños miraban apesadumbrados a Wendy, preparada ya para el viaje junto con John y Michael. En ese momento se sentían abatidos, no sólo porque estuvieran a punto de perder a Wendy, sino también porque pensaban que se iban hacia algo agradable a lo cual ellos no habían sido invitados. La novedad les atraía, como era habitual.

Al atribuirles un sentimiento más noble, Wendy se ablandó.

—Queridos —dijo—, si queréis venir conmigo, estoy casi segura de que mi madre y mi padre os adoptarían.

La invitación iba dirigida especialmente a Peter, pero cada uno de los muchachos estaba pensando exclusivamente en sí mismo, y saltaron de alegría todos a la vez.

—Pero, ¿no creerán que somos un buen puñado? —preguntó Nibs en medio de su salto.

—Oh, no —dijo Wendy, pensándolo rápidamente—, sólo significará que haya unas cuantas camas en el salón; se pueden ocultar detrás de biombos los días de visita.

—Peter, ¿podemos ir? —suplicaron todos.

Dieron por sentado que si ellos iban él iría también, pero, en realidad, apenas les preocupaba. Cuando la novedad llama a la puerta, así de dispuestos están los niños a abandonar a sus seres más queridos.

—De acuerdo —dijo Peter con una amarga sonrisa; e inmediatamente se precipitaron a preparar sus cosas.

—Y ahora, Peter —dijo Wendy, pensando que ya lo tenía todo dispuesto—, voy a darte la medicina antes de irte.

Le encantaba darles medicina, y sin duda, les daba demasiada. Por supuesto, no era más que agua, pero se la daba de una calabaza, y siempre agitaba la calabaza y contaba las gotas, lo cual le daba cierto carácter medicinal. En esta ocasión, sin embargo, no le dio su dosis a Peter, pues justo cuando la había preparado, vio una mirada en su rostro que hizo que se le cayera el alma a los pies.

—Coge tus cosas, Peter —dijo ella, temblando.

—No —respondió él, fingiendo indiferencia—. Yo no voy con vosotros, Wendy.

—Sí, Peter.

—No.

Para demostrar que la marcha de Wendy le dejaría impasible, saltaba de un lado a otro por la habitación, tocando alegremente su insensible flauta. Ella tuvo que correr por la habitación tras él, aunque no era nada digno.

—Para encontrar a tu madre —le persuadió ella.

Ahora bien, si Peter había tenido una madre alguna vez, ya no la echaba de menos. Sabía arreglárselas muy bien sin ella. Había meditado sobre las madres, y sólo recordaba sus puntos malos.

—No, no —le dijo a Wendy con decisión—; tal vez dijera ella que soy mayor, y yo lo único que quiero es ser siempre un niño y divertirme.

—Pero Peter...

—No.

Y así se le tuvo que decir a los demás.

—Peter no viene.

¡Peter no viene! Ellos le miraron sin comprender, con sus palos a la espalda, y en cada palo un hato. Lo primero que pensaron fue que si Peter no iba, probablemente hubiese cambiado de opinión sobre permitir que se fueran ellos.

Pero Peter era demasiado orgulloso para eso.

—Si encontráis a vuestras madres —dijo con tono siniestro—, espero que os gusten.

El horrible cinismo de sus palabras causó una violenta impresión, y la mayoría de ellos empezaron a dar muestras de que dudaban. Después de todo, decían sus semblantes, ¿no eran unos zoquetes por querer marcharse?

—Bien, entonces —dijo Peter—, nada de alborotos ni de lloriqueos; adiós, Wendy. —Y le tendió la mano alegremente, como si realmente tuvieran que marcharse ya, pues él tenía que hacer algo importante.

Wendy tuvo que coger su mano, ya que nada indicaba que prefiriera un dedal.

—¿Te acordarás de cambiarte de camisa, Peter? —dijo Wendy, entreteniéndose con él. Ella siempre era muy exigente con las camisas de los niños.

—Sí.

—¿Y te tomarás la medicina?

—Sí.

Eso pareció ser todo, a lo que siguió una incómoda pausa. Peter, sin embargo, no era de esa clase de personas que se derrumba ante los demás.

—¿Estás preparada, Campanilla? —dijo para llamar su atención.

—Sí, sí.

—Entonces, guía el camino.

Campanilla subió como una flecha por el árbol más cercano; pero ninguno la siguió, pues en ese mismo momento los piratas lanzaron su espantoso ataque sobre los pieles rojas. Arriba, donde todo había estado en calma, el aire se rasgaba por los alaridos y el choque de los sables. Abajo había silencio absoluto. Abrieron la boca y las dejaron abiertas. Wendy cayó de rodillas, pero extendió los brazos hacia Peter. Todos los brazos se extendieron hacia él, como si de repente el viento los llevara en su dirección; le suplicaban en silencio que no les abandonara. Respecto a Peter, cogió su espada, la misma con la que creía que había matado a Barbacoa; y el ansia de batalla brilló en sus ojos.

CAPÍTULO XII

El secuestro de los niños

FLUNG LIKE BALES

Como paquetes tirados.

El ataque de los piratas había sido toda una sorpresa: una prueba segura de que Garfio, sin escrúpulo alguno, había actuado de modo deshonesto, pues sorprender a los pieles rojas limpiamente está más allá del buen juicio del hombre blanco.

Conforme a todas las leyes no escritas de la guerra salvaje, es siempre el piel roja quien ataca, y con la astucia de su raza lo hace justo antes del amanecer, pues sabe que a esa hora el valor de los blancos se encuentra en su punto más bajo. Mientras tanto, los hombres blancos han construido una rudimentaria empalizada en la cima de aquel terreno ondulado, a cuyo pie discurre un riachuelo, pues estar demasiado lejos del agua supone destrucción. Allí aguardan el violento ataque, los que no tienen experiencia empuñan sus revólveres y pisan ramitas, pero los más experimentados duermen tranquilamente hasta justo antes de amanecer. Durante toda la larga y oscura noche los exploradores salvajes se retuercen como serpientes entre la hierba sin mover ni una brizna. La maleza se cierra tras ellos de un modo tan silencioso como se cierra la arena en la que se ha sumergido el topo. Ni un sonido se oye, salvo cuando sueltan una maravillosa imitación de la llamada solitaria del coyote. Al aullido responden otros valientes; y algunos de ellos aúllan incluyo mejor que los coyotes, que no son muy buenos en eso. Así van pasando las frías horas, y el largo suspense resulta terriblemente agotador para el rostro pálido que tiene que vivirlo por primera vez; pero para los más expertos aquellos espantosos aullidos y los aún más espantosos silencios sólo son un indicio de cómo marcha la noche.

Era tan bien conocido para Garfio que este era el procedimiento habitual, que no se le puede excusar, con el argumento de la ignorancia, el no haberlo tenido en cuenta.

Los piccaninny, por su parte, confiaban implícitamente en el honor de Garfio, y todos sus actos de esa noche contrastan marcadamente con los de él. No hicieron nada que no fuese coherente con la reputación de su tribu. Con ese estado de alerta de los sentidos que enseguida asombra y desespera a los pueblos civilizados, sabían que los piratas se hallaban en la isla desde el momento en el que uno de ellos pisó un palo seco; y en un increíble breve espacio de tiempo comenzaron a oírse aullidos de coyote. Cada palmo de terreno entre el lugar donde Garfio había desembarcado sus fuerzas y la casa bajo los árboles fue inspeccionado sigilosamente por valientes que llevaban sus mocasines calzados con la parte del talón delante. Sólo encontraron un cerro a cuyo pie había un arroyo, de modo que Garfio no tenía elección; ahí tendría que instalarse y esperar hasta antes del amanecer. Planeado todo de este modo, con una astucia casi diabólica, el grueso de los pieles rojas se envolvieron en sus mantas, y de esa manera flemática que es para ellos la perla de la hombría, se pusieron de cuclillas sobre la casa de los niños, aguardando el frío momento en el que deberían ocuparse de la muerte de los rostros pálidos.

Allí, soñando, aunque despiertos, con las exquisitas torturas a las que iban a someterle al romper el día, aquellos confiados salvajes fueron sorprendidos por el traicionero Garfio. A juzgar por los relatos que me proporcionaron más tarde los exploradores que escaparon de la carnicería, no parece que se detuviera siquiera en el terreno elevado, aunque seguro que debió de haberlo visto bajo aquella luz grisácea: al parecer, ni siquiera pasó por su sutil mente, desde el principio hasta el final, la idea de ser atacado; ni siquiera aguardaría a que la noche estuviera a punto de acabar; siguió adelante sin otra idea que la de atacar. ¿Qué podían hacer los desconcertados exploradores, maestros como eran de todas las artes de la guerra excepto de ésta, sino correr tras él con impotencia, exponiéndose mortalmente a su vista, mientras daban patéticos aullidos de coyote?

Alrededor de la guerrera Tigridia había una docena de sus más robustos guerreros, y de pronto vieron a los pérfidos piratas que se abalanzaban sobre ellos. Fue entonces cuando cayó de sus ojos el velo a través del cual habían visto la victoria. Ya no torturarían más en el poste. Llegaba la hora para ellos del paraíso de los cazadores. Lo sabían; pero lo soportarían como hijos de sus padres. Incluso entonces hubiesen tenido tiempo de unirse formando una falange que habría resultado difícil romper si se hubiesen levantado rápidamente, pero las tradiciones de su raza prohibían hacer esto. Está escrito que el noble salvaje jamás debe expresar sorpresa en presencia de los blancos. A pesar de lo terrible y repentina que debió de haber sido para ellos la aparición de los piratas, permanecieron inmóviles durante un momento, sin mover un músculo, como si el enemigo hubiese llegado tras ser invitado. Fue luego, efectivamente, después de haber mantenido la tradición con gallardía, cuando cogieron sus armas y el aire se rasgó con el grito de guerra, pero ya era demasiado tarde.

No nos corresponde describir lo que fue más una masacre que una lucha. De ese modo perecieron muchos de los pertenecientes a la flor y nata de la tribu piccaninny. No todos murieron sin ser vengados, pues con Lobo Flaco cayó Alf Mason, que ya no volvería a molestar en el Caribe; y entre otros que mordieron el polvo se encontraban Geo. Scourie, Chas. Turley y el alsaciano Foggerty. Turley cayó ante el hacha de la terrible Pantera, quien finalmente se abrió paso entre los piratas junto a Tigridia y un pequeño remanente de la tribu.

Hasta qué punto fue culpable Garfio de las tácticas empleadas en esta ocasión es algo que ha de decidir el historiador. Si hubiese aguardado en el terreno elevado hasta la hora correcta, probablemente él y sus hombres habrían sido masacrados; y al juzgarle, es justo tener esto en cuenta. Lo que tal vez debería haber hecho era informar a sus adversarios de que se proponía seguir un nuevo método. Por otro lado, esto, al destruir el elemento sorpresa, habría hecho que su estrategia resultase inútil, de modo que toda la cuestión está plagada de dificultades. Al menos no se puede negar admirar forzosamente el ingenio con el que se había concebido un plan tan audaz, y la malvada genialidad con la que se llevó a cabo.

¿Cuáles eran sus sentimientos en aquel momento de triunfo? De buena gana habrían deseado saberlo sus perros, mientras respiraban con dificultad y limpiaban sus alfanjes, reunidos a una discreta distancia de su garfio y mirando de reojo con sus ojos de hurón a ese hombre extraordinario. En su corazón debía de haber euforia, pero su rostro no la reflejaba; siempre un enigma oscuro y solitario, se mantenía al margen de sus secuaces tanto en espíritu como en cuerpo.

Pero el cometido de la noche aún no se había cumplido, pues no era a los pieles rojas a los había venido a destruir; ellos no eran más que las abejas que había que ahuyentar para poder conseguir la miel. Era a Pan a quien quería, Pan, Wendy y su banda, pero principalmente a Pan.

Peter era un muchacho tan pequeño que uno tiende a asombrarse del odio que este hombre sentía por él. Cierto que él había arrojado su brazo al cocodrilo; pero incluso esto, y la creciente falta de seguridad en su vida a lo cual ello conducía debido a la perseverancia del cocodrilo, difícilmente explican un afán de venganza tan implacable y perverso. La verdad es que había algo en Peter que ponía furioso al capitán pirata. No era su valor, no era su aspecto atractivo, no era... No hay que andarse con rodeos, porque sabemos muy bien lo que era, y tenemos que contarlo. Era la arrogancia de Peter.

Esto sacaba de quicio a Garfio; hacía que su garra de hierro se moviera con un tic nervioso, y por la noche le molestaba como un insecto. Mientras viviera Peter, el hombre torturado se sentiría como un león en una jaula a la cual había entrado un gorrión.

Ahora la cuestión era cómo descender por los árboles, o cómo conseguir que bajaran sus perros. Pasó su ávida mirada sobre ellos, buscando a los más delgados. Ellos se revolvieron incómodos, pues sabían que no tendría escrúpulos en encajarlos en ellos con la ayuda de palos.

Mientras tanto, ¿qué hay de los niños? Les hemos visto, ante el primer ruido metálico de las armas, convertidos en figuras de piedra, con la boca abierta, todos suplicando a Peter con los brazos extendidos; y volvemos a ellos cuando ya cierran la boca y dejan caer los brazos a ambos lados. El pandemonio de arriba ha cesado de un modo casi tan repentino como surgió, ha pasado como una devastadora ráfaga de viento; pero sabemos que al pasar ha decidido su destino.

¿Qué bando había ganado?

Los piratas, escuchando ávidamente en las entradas de los árboles, oyeron la pregunta en boca de cada muchacho, y, ¡ay!, también oyeron la respuesta de Peter.

—Si han ganado los indios —dijo— tocarán el tam-tam; siempre es su señal de victoria.

Smee había encontrado el tam-tam, y en ese momento estaba sentado sobre él. «No volverás a oír el tam-tam», murmuró, pero de forma inaudible, por supuesto, pues se había ordenado mantener absoluto silencio. Para asombro suyo, Garfio le hizo señas para que tocara el tam-tam; y lentamente Smee fue comprendiendo la espantosa maldad de la orden. Probablemente, este ingenuo hombre jamás había admirado tanto a Garfio.

Dos veces tocó el instrumento Smee, y luego se detuvo a escuchar con regocijo.

—El tam-tam —oyeron gritar a Peter los malhechores—, ¡victoria india!

Los sentenciados niños respondieron con un grito de entusiasmo que fue música para los oscuros corazones de la superficie, y casi de inmediato fueron repitiendo sus despedidas a Peter. Esto dejó perplejos a los piratas, pero todas las demás impresiones fueron contenidas por el vil placer de saber que los enemigos estaban a punto de ascender por los árboles. Se sonrieron unos a otros con satisfacción y se frotaron las manos. Rápidamente y en silencio Garfio dio las órdenes: un hombre a cada árbol, y los demás se colocarían en fila a dos yardas de distancia.

CAPÍTULO XIII

¿Creéis en las hadas?

Cuánto más rápido acabe este horror, mejor. El primero en salir de su árbol fue Curly. Salió de él cayendo a los brazos de Cecco, quien se lo lanzó a Smee: éste se lo lanzó a Starkey, quien se lo lanzó a Bill Jukes, y éste a Noodler, y así fue arrojado de uno a otro hasta que cayó a los pies del pirata negro. Todos los niños fueron arrancados de sus árboles de esta despiadada manera; y varios de ellos se encontraban en el aire al mismo tiempo, como fardos lanzados de mano en mano.

A Wendy, que fue la última, se le concedió un trato diferente. Con irónica cortesía, Garfio se quitó el sombrero ante ella, le ofreció su brazo y la acompañó hasta el lugar en el que los demás estaban siendo amordazados. Lo hizo con un estilo tan espantosamente distinguido que Wendy se quedó demasiado fascinada para gritar. Tan sólo era una niña.

Quizás sea de chivatos divulgar que por un momento Garfio embelesó a Wendy, y lo contamos porque su desliz condujo a extraños resultados. Si ella se hubiese soltado con arrogancia (y nos habría encantado escribir eso de ella), habría sido lanzada al aire como los demás, y entonces Garfio probablemente no habría estado presente mientras ataban a los niños; si no hubiese estado presente mientras les ataban, no habría descubierto el secreto de Slightly, y sin el secreto no habría podido cometer el vil atentado contra la vida de Peter.

Para evitar que salieran volando, les habían atado doblados por la cintura, con las rodillas cerca de las orejas; y para atarlos, el pirata negro había cortado una cuerda en nueve partes iguales. Todo iba bien hasta que llegó el turno de Slightly; entonces se descubrió que era como esos desesperantes paquetes en los que se usa toda la cuerda para rodearle y no queda nada para hacer un nudo. Los piratas le dieron patadas hechos una furia, igual que si dieran patadas a un paquete (aunque para ser justos se deberían haber dado a la cuerda); por extraño que parezca fue Garfio quien les dijo que frenaran su violencia. Torció el labio en una maliciosa sonrisa de triunfo. Mientras sus perros se limitaban a sudar porque cada vez que intentaban apretar al infeliz muchacho por un lado, se inflaba por el otro, la magistral mente de Garfio buscó bajo la superficie de Slightly y analizó no los efectos sino las causas; y su euforia demostraba que las había encontrado. Slightly, pálido por el susto, sabía que Garfio había descubierto su secreto, que era éste: ningún niño tan hinchado podría usar un árbol en el que un hombre normal se quedaría atascado. Pobre Slightly, ahora el más abatido de todos los niños, pues sentía pánico por Peter, y se arrepentía terriblemente de lo que había hecho. Aficionado a beber agua sin control cuando tenía calor, se había hinchado hasta alcanzar su actual contorno, y en vez de disminuirlo para ajustarse a su árbol, había reducido el grosor de su árbol, sin que los demás lo supieran, para adaptarlo a él.

Garfio adivinó lo suficiente para convencerse de que por fin Peter estaba a su merced; pero ni una palabra del oscuro propósito que ahora se formaba en las cavernas subterráneas de su mente salió de sus labios; se limitó a indicar que llevaran a los cautivos al barco, y que él quería estar solo.

¿Cómo iban a llevarlos? Encorvados en sus cuerdas podrían rodar cuesta abajo como barriles, pero la mayor parte del camino transcurría a través de un cenagal. De nuevo la genialidad de Garfio superó las dificultades. Indicó que debían usar la casita para transportarles. Los niños fueron arrojados a su interior; cuatro fornidos piratas la alzaron sobre sus hombros, los demás iban detrás, y cantando el odioso estribillo de la canción pirata, la extraña procesión se puso en marcha a través del bosque. No sé si alguno de los niños lloraba; si así era, el canto ahogaba el sonido; pero mientras la casita desaparecía en el bosque, un valiente aunque diminuto chorro de humo salió de su chimenea como queriendo desafiar a Garfio.

Garfio lo vio, y no le hizo un favor a Peter. Agotó cualquier vestigio de piedad por él que aún quedara en el enfurecido pecho del pirata.

Lo primero que hizo al encontrarse solo en la noche, que iba cayendo rápidamente, fue acercarse de puntillas al árbol de Slightly y asegurarse de que le proporcionaría un paso. Luego se quedó pensativo mucho rato, con su sombrero de mal agüero sobre la hierba, de modo que la suave brisa que se había levantado pudiera jugar entre su cabello agradablemente. Oscuros como eran sus pensamientos, sus ojos azules eran tan tiernos como la vincapervinca. Escuchaba atentamente por si oía algún ruido procedente de abajo, pero todo estaba en silencio, tanto abajo como arriba; la casa subterránea no parecía ser más que una vivienda vacía y abandonada más. ¿Estaba dormido aquel muchacho, o estaba esperando al pie del árbol de Slightly con su puñal en la mano?

No había forma de saberlo, excepto bajando. Garfio dejó que su capa se deslizara suavemente hasta el suelo, y luego, mordiéndose los labios hasta que su sucia sangre brotó de ellos, se metió en el árbol. Era un hombre valiente, pero por un momento tuvo que detenerse y limpiarse la frente, que goteaba como una vela. Después, en silencio, se dejó caer hacia lo desconocido.

Llegó sin problemas al pie del hueco, y se quedó quieto de nuevo, recuperando el aliento que casi le había abandonado. Cuando sus ojos se acostumbraron a la penumbra, varios objetos de la casa bajo los árboles tomaron forma; pero en lo único en que posó su codiciosa mirada, buscado durante tanto tiempo y por fin encontrado, fue en la gran cama. En la cama yacía Peter profundamente dormido.

Ignorando la tragedia que se había representado arriba, Peter había seguido tocando la flauta durante un rato después de marcharse los niños. Sin duda, había sido más un intento de demostrarse a sí mismo que no le importaba. Luego decidió no tomarse su medicina, como si deseara afligir a Wendy así. Después se había tumbado en la cama encima de la colcha, para disgustarla aún más; pues ella siempre les arropaba, porque nunca se sabe si se tendrá frío en el transcurso de la noche. Luego estuvo a punto de llorar, pero se le ocurrió cómo se indignaría ella si se echara a reír en su lugar; de modo que soltó una arrogante carcajada y se quedó dormido en medio de ella.

A veces, aunque no con frecuencia, Peter tenía sueños, y los suyos eran más dolorosos que los sueños de los demás niños. No podía librarse de esos sueños durante horas, aunque gemía de un modo lastimero en ellos. Tenían que ver, creo, con el enigma de su existencia. En tales ocasiones, Wendy tenía por costumbre sacarle de la cama y sentarse con él en su regazo para calmarle de diferentes maneras cariñosas de su propia invención, y cuando llegaba a calmarse le volvía a meter en la cama antes de que se despertara por completo, de modo que él no se diera cuenta de la indignidad a la que ella le había sometido. Pero en esta ocasión se había quedado dormido de inmediato y no soñaba. Uno de sus brazos caía sobre el borde de la cama, tenía una pierna doblada, y su inacabada carcajada se había detenido en su boca, que estaba abierta y mostraba las pequeñas perlas.

Así de indefenso le encontró Garfio. Permaneció en silencio al pie del árbol, mirando a su enemigo desde el otro lado de la habitación. ¿Ningún sentimiento de compasión se agitó en su sombrío pecho? El hombre no era del todo malo; le encantaban las flores (eso me han dicho) y la música suave (él mismo no interpretaba nada mal música con el clavecín); admitámoslo con franqueza, la idílica naturaleza de aquella escena le conmovió profundamente. Dominado por la mejor versión de sí mismo, habría vuelto a subir por el árbol de mala gana, si no hubiese sido por una cosa.

Lo que le detuvo fue el aspecto insolente que mostraba Peter mientras dormía. La boca abierta, el brazo caído, la rodilla doblada: eran la personificación de la arrogancia que, considerados en conjunto, jamás se podría esperar que volvieran a presentarse ante unos ojos tan sensibles a esa ofensa. Endurecieron el corazón de Garfio. Si su ira le hubiese roto en cien pedazos, cada uno de ellos habría hecho caso omiso del incidente y se habría lanzado contra el durmiente.

A pesar de que la luz procedente de la única lámpara lucía débilmente sobre la cama, Garfio se mantuvo en la oscuridad, y al dar el primer paso sigiloso descubrió un obstáculo, la puerta del árbol de Slightly. No cubría del todo la abertura y había estado mirando por encima de ella. Al buscar a tientas el picaporte, descubrió con furia que estaba demasiado bajo, lejos de su alcance. A su mente trastornada le pareció que la exasperante expresión del rostro de Peter y su figura aumentaban visiblemente, y golpeó la puerta y se lanzó contra ella. ¿Se le iba a escapar su enemigo después de todo?

Pero, ¿qué era eso? Por el rabillo del ojo había visto la medicina de Peter sobre la repisa y estaba a su alcance. Comprendió de inmediato lo que era, y enseguida supo que el durmiente estaba en su poder.

Para que no le capturaran con vida, Garfio siempre llevaba consigo una espantosa droga, mezclada por él mismo y procedente de todos los anillos mortíferos que habían llegado a su poder. La había convertido en un líquido amarillo totalmente desconocido para la ciencia, y probablemente era el veneno más ponzoñoso que existía.

Añadió cinco gotas de este veneno al tazón de Peter. Le temblaba la mano, pero era de euforia más que de vergüenza. Mientras lo hacía evitaba mirar al durmiente, pero no porque la compasión le pusiera nervioso, era simplemente para evitar que se derramara. Después lanzó una larga mirada de regocijo a su víctima y, dándose la vuelta, se las ingenió para subir por el árbol con dificultad. Al llegar arriba parecía el mismísimo espíritu del mal saliendo de su agujero. Poniéndose el sombrero ladeado con desenvoltura, se envolvió en su capa, sujetando un extremo por delante para ocultarse de la noche, que se hallaba en sus horas más oscuras; y murmurando para sí mismo de un modo extraño, se escabulló entre los árboles.

Peter siguió durmiendo. La luz parpadeó y se apagó, dejando la casa sumida en la oscuridad; pero aún dormía. No deberían de ser más de las diez por el reloj del cocodrilo cuando se incorporó en la cama de repente, sin saber qué le había despertado. Se oyeron unos suaves y prudentes golpeteos en la puerta de su árbol.

Suaves y prudentes, pero en aquel silencio resultaban siniestros. Peter buscó a tientas su puñal hasta que lo agarró con la mano. Después habló.

—¿Quién hay ahí?

Durante un largo rato no hubo respuesta; luego los golpes de nuevo.

—¿Quién eres?

No hubo respuesta.

Peter estaba entusiasmado, y le encantaba estar entusiasmado. En dos zancadas llegó a su puerta. A diferencia de la puerta de Slightly, la abertura estaba cubierta del todo, de modo que no se podía ver lo que había más allá de ella, como tampoco podía verle a él quien estaba llamando.

—No abriré a menos que hables —gritó Peter.

Luego, por fin, habló el visitante con una adorable voz tintineante.

—Déjame entrar, Peter.

Era Campanilla, y rápidamente le abrió la puerta. Entró volando excitada, con el rostro enrojecido y el vestido manchado de barro.

—¿Qué pasa?

—Oh, no lo adivinarías nunca —dijo ella, y le ofreció tres oportunidades para adivinarlo.

—¡Suéltalo! —gritó él; y en una única frase gramaticalmente incorrecta, tan larga como las cintas que se sacan de la boca los magos, contó la captura de Wendy y de los muchachos.

El corazón de Peter palpitaba con fuerza mientras escuchaba. Wendy atada, y en el barco pirata; ella, a quien le encantaba que todo fuera como es debido.

—La rescataré —exclamó, dando un salto hacia sus armas. Mientras saltaba, pensó en algo que pudiera hacer él que fuese del agrado de Wendy. Podría tomarse la medicina.

Su mano se cerró sobre la dosis mortal.

—¡No! —chilló Campanilla, quien había oído murmurar a Garfio sobre su hazaña mientras atravesaba el bosque a gran velocidad.

—¿Por qué no?

—Está envenenada.

—¿Envenenada? ¿Quién ha podido envenenarla?

—Garfio.

—No seas boba. ¿Cómo ha podido bajar aquí Garfio?

Por desgracia, Campanilla no podía explicar eso porque ni siquiera ella conocía el oscuro secreto del árbol de Slightly. Sin embargo, las palabras de Garfio no habían dejado lugar a dudas. El tazón estaba envenenado.

—Además —dijo Peter muy convencido—, no me he quedado dormido en ningún momento.

Peter levantó el tazón. No era el momento de hablar, era el momento de actuar, y con uno de sus rapidísimos movimientos Campanilla se lo metió entre los labios y se lo bebió sin dejar ni una gota.

—¿Oye, Campanilla, cómo te atreves a beberte mi medicina?

Pero ella no contestó. Ya estaba tambaleándose en el aire.

—¿Qué te pasa? —preguntó Peter, asustado de repente.

—Estaba envenenado, Peter —le dijo suavemente—, y ahora voy a morir.

—Oh, Campanilla, ¿te lo has bebido para salvarme?

—Sí.

—Pero, ¿por qué?

Sus alas apenas podían sostenerla ya, pero como respuesta se posó sobre su hombro y le dio un mordisquito cariñoso en la barbilla. Le susurró al oído: «Eres tonto», y después, se alejó tambaleándose hacia su habitación y se tumbó en la cama.

La cabeza de Peter ocupó casi la cuarta pared de su pequeña habitación cuando se arrodilló cerca de ella angustiado. La luz de Campanilla era más tenue a cada momento que pasaba, y él sabía que si se apagaba dejaría de existir. A ella le gustaban tanto sus lágrimas que sacó un bonito dedo y dejó que corrieran sobre él.

Su voz era tan baja que al principio él no era capaz de entender lo que decía. Después lo entendió. Estaba diciendo que ella pensaba que todo podría ir bien si los niños creían en las hadas.

Peter extendió los brazos. No había niños allí y era por la noche; pero se dirigió a todos los que tal vez estuviesen soñando con el País de Nunca Jamás, y a quienes, por tanto, se encontraban más cerca de él de lo que pensáis: niños y niñas en pijama, y bebés indios colgados de los árboles en sus cestos.

—¿Creéis? —gritó Peter.

Campanilla se incorporó en la cama casi con brusquedad para escuchar su destino.

Imaginó que oía respuestas afirmativas, y de nuevo no se sintió segura.

—¿Qué piensas? —le preguntó a Peter.

—Si creéis —les gritó—, aplaudid; no permitáis que muera Campanilla.

Muchos aplaudieron.

Algunos no lo hicieron.

Unos cuantos pequeños brutos silbaron.

Los aplausos cesaron de repente, como si innumerables madres hubieran entrado precipitadamente en los cuartos de los niños para saber qué demonios estaba ocurriendo; pero Campanilla ya estaba a salvo. Primero cogió fuerza su voz, luego se levantó de la cama, después destelló por la habitación más alegre e insolente que nunca. Jamás pensó en dar las gracias a aquellos que creían, pero le habría gustado dar con los que habían silbado.

—¡Y ahora a rescatar a Wendy!

La luna se paseaba por el cielo nublado cuando Peter salió de su árbol, con las armas ceñidas y apenas nada más, para emprender su peligrosa búsqueda. No era la noche que él habría elegido. Había esperado ir volando, manteniéndose no muy alejado del suelo para que nada inusitado escapara a su vista; pero con aquella luz tan irregular haber volado bajo habría significado arrastrar su sombra a través de los árboles, molestando de ese modo a los pájaros y dando a conocer al enemigo vigilante que estaba despierto.

Se arrepentía de haber puesto aquellos nombres tan raros a los pájaros de la isla, pues ahora eran muy salvajes y resultaba difícil tratar con ellos.

No había otro remedio que seguir adelante a estilo indio, en lo que, afortunadamente, era un experto. Pero, ¿en qué dirección?, pues no estaba seguro de que los niños hubiesen sido llevados al barco. Una ligera nevada había borrado todas las huellas y un silencio mortal invadía la isla, como si por un espacio de tiempo la Naturaleza se hubiese detenido horrorizada ante la reciente carnicería. Había enseñado a los niños algunos conocimientos tradicionales del bosque que él mismo había aprendido de Tigridia y de Campanilla, y sabía que en esos momentos de angustia para ellos no era probable que los olvidaran. Slightly, si tenía ocasión, haría marcas en los árboles, por ejemplo; Curly dejaría caer semillas, y Wendy dejaría su pañuelo en algún lugar importante. Era necesaria la mañana para buscar estas señales, y él no podía esperar. El mundo de arriba le había llamado, pero no le iba a prestar ayuda.

El cocodrilo pasó a su lado, pero ningún otro ser vivo, ni un sonido, ni un movimiento; y, sin embargo, sabía bien que la muerte repentina podría estar en el siguiente árbol, o acechándole por detrás.

Hizo este terrible juramento:

—O Garfio o yo esta vez.

Avanzó arrastrándose como una serpiente; y luego, de nuevo erguido, cruzó como una flecha un claro en el que jugaba la luz de la luna, con un dedo en los labios y su puñal listo. Era tremendamente feliz.

CAPÍTULO XIV

El barco pirata

"THIS MAN IS MINE!"

«Este hombre es mío».

Una luz verde que parpadeaba sobre la ensenada de Kidd, que se encuentra cerca de la desembocadura del río pirata, señalaba donde se encontraba el bergantín, el Jolly Roger, en aguas bajas; el barco tenía los mástiles inclinados y estaba sucio hasta el casco, y cada palmo de su detestable suelo estaba cubierto de plumas destrozadas. Era el caníbal de los mares, y apenas necesitaba vigía, pues flotaba invulnerable debido al terror que causaba su nombre.

Estaba envuelto en el manto de la noche, a través del cual ningún sonido procedente de él podría haberse oído en la orilla. Apenas había ruidos, y ninguno era agradable, salvo el zumbido de la máquina de coser a la que estaba sentado Smee, siempre afanoso y servicial, la esencia del ordinario y patético Smee. No sé por qué era tan infinitamente patético, a menos que fuera porque era tan patéticamente inconsciente de ello; pero hasta los hombres fuertes tenían que apartar la mirada de él enseguida, y en más de una ocasión, en noches de verano, había llegado a la fuente de las lágrimas de Garfio y la había hecho brotar. De esto, al igual que de casi todo lo demás, Smee era totalmente inconsciente.

Unos cuantos piratas estaban apoyados en las bordas, respirando las miasmas de la noche; otros estaban despatarrados junto a los barriles, jugando a los dados o a las cartas; y los cuatro hombres exhaustos que habían transportado la casita estaban tumbados boca abajo en la cubierta, donde incluso dormidos rodaban hábilmente hacia este lado o hacia el otro para alejarse de Garfio, no fuera a ser que les diera un zarpazo mecánicamente al pasar.

Garfio caminaba por la cubierta pensativo. ¡Oh, hombre insondable! Era su momento de triunfo. Peter había sido apartado de su camino para siempre, y los demás muchachos se hallaban en el bergantín, a punto de caminar por el tablón. Había sido su hazaña más atroz desde los días en los que había subyugado a Barbacoa; y sabiendo como sabemos lo vanidoso que es el hombre, ¿podríamos sorprendernos si ahora hubiese caminado por la cubierta con paso inseguro, henchido por los vientos de su éxito?

Pero no había euforia en su manera de caminar, que seguía el paso de su mente sombría. Garfio estaba profundamente abatido.

Solía comportarse así cuando estaba en comunión consigo mismo a bordo del barco, en la quietud de la noche. Era porque se sentía terriblemente solo. Este inescrutable hombre jamás se sentía más solo que cuando estaba rodeado de sus perros. ¡Eran tan inferiores a él socialmente!

Su verdadero nombre no era Garfio. Revelar quién era realmente incluso en este momento, sorprendería al país; pero como aquellos que leen entre líneas ya habrán adivinado, había ido a un famoso colegio público; y las tradiciones del mismo aún se aferraban a él como prendas de vestir, con las cuales, de hecho, están muy relacionadas. De modo que le resultaba ofensivo estar ahora a bordo de un barco con el mismo traje con el que lo había capturado; y todavía observaba en su caminar el distinguido encorvamiento del colegio. Pero sobre todo, conservaba la pasión por la buena educación.

¡Buena educación! Sin embargo, por mucho que él se hubiese degenerado, aún sabía que realmente es todo lo que importa.

Desde muy dentro de él oyó un chirrido de portalones oxidados, y a través de ellos llegaba un golpeteo severo, como martillazos en la noche cuando uno no puede dormir. «¿Te has portado hoy con buena educación?» era la pregunta constante.

—¡La fama, la fama, esa brillante fruslería, es mía! —exclamó.

—¿Es de buena educación sobresalir en todo? —replicaba el martilleo de su colegio.

—Soy el único hombre a quien teme Barbacoa —insistía—, y el propio Flint temía a Barbacoa.

—Barbacoa, Flint... ¿de qué residencia? —era la cortante réplica.

La reflexión más desasosegante de todas era: ¿no era de mala educación pensar en la buena educación?

Este problema torturaba sus órganos vitales. En su interior había una garra más afilada que la de hierro, y al desgarrarle, el sudor goteaba por su semblante seboso y le manchaba el jubón. Con frecuencia se pasaba la manga por el rostro, pero no había forma de detener ese goteo.

¡Oh, no envidiéis a Garfio!

Tuvo el presentimiento de que desaparecería pronto. Era como si el terrible juramento de Peter hubiese subido a bordo del barco. Garfio sintió el sombrío deseo de pronunciar su último discurso, no fuera a ser que pronto no hubiese tiempo para ello.

—Habría sido mejor para Garfio haber tenido menos ambición —dijo.

Sólo en sus momentos más oscuros se refería a él mismo en tercera persona.

«Los niños no me quieren».

Resulta extraño que pensara esto, lo que jamás le había preocupado antes; quizás la máquina de coser lo trajo a su mente. Murmuró para sus adentros mucho tiempo, mirando fijamente a Smee, quien estaba haciendo un dobladillo plácidamente, convencido de que todos los niños le temían.

¡Temerle! ¡Temer a Smee! No había ni un solo niño a bordo del bergantín aquella noche que no le quisiese ya. Les había dicho cosas horribles y les había pegado con la palma de la mano porque no podía pegar con el puño; pero ellos sólo se habían aferrado más a él. Michael se había probado sus anteojos.

¡Decirle al pobre Smee que ellos creían que era adorable! Garfio tenía ganas de hacerlo, pero parecía demasiado cruel. En cambio, le daba vueltas a este misterio en su mente: ¿por qué encuentran adorable a Smee? Rastreó el problema como el sabueso que era. Si Smee es adorable, ¿qué es lo que le hace así? De pronto se le ocurrió una terrible respuesta: ¿Buena educación?

¿Tenía el contramaestre buena educación sin saberlo, que es la mejor educación de todas?

Recordó que hay que demostrar no saber que la tienes antes de ser elegido en el club Pop.

Con un grito de rabia levantó su mano de hierro por encima de la cabeza de Smee, pero no le golpeó. Lo que le detuvo fue esta reflexión: «Dar un zarpazo a un hombre porque tiene buena educación, ¿qué seria eso? ¡Mala educación!».

El infeliz Garfio se sentía tan impotente como mojado, y cayó hacia adelante como una flor cortada.

Creyendo sus perros que no les molestaría durante un rato, la disciplina se relajó al instante; se pusieron a bailar, lo cual llevó a Garfio a ponerse en pie de inmediato; todo rastro de debilidad humana había desaparecido, como si le hubiesen echado un cubo de agua por encima.

—¡Silencio, bribones —gritó—, u os amarraré al ancla!

Y el alboroto se calmó inmediatamente.

—¿Están atados todos los niños para que no puedan marcharse volando?

—Sí, sí.

—¡Entonces, subidles!

Los desdichados prisioneros fueron sacados a rastras de la bodega, todos menos Wendy, y colocados en fila enfrente de él. Por un momento pareció no ser consciente de la presencia de los niños. Se recostó a sus anchas, tatareando, no sin cierta armonía, fragmentos de una ordinaria canción, y toqueteando una baraja de cartas con los dedos. De vez en cuando la luz de su puro daba un toque de color a su rostro.

—Bueno, bravucones —dijo con brusquedad—, seis de vosotros caminaréis por el tablón esta noche, pero tengo espacio para dos grumetes. ¿Cuál de vosotros va a ser?

«No le irritéis innecesariamente», habían sido las instrucciones de Wendy en la bodega; de modo que Tootles dio un paso adelante educadamente. Tootles detestaba la idea de estar bajo las órdenes de un hombre como aquel, pero su instinto le decía que sería prudente atribuir la responsabilidad a una persona ausente; y aunque en cierto modo era un niño bobo, sabía que tan sólo las madres están siempre dispuestas a hacer de tope. Todos los niños saben eso de sus madres, y las desprecian por ello, pero hacen uso de ello constantemente.

De modo que Tootles explicó con prudencia:

—Verá, señor, no creo que a mi madre le gustara que fuera pirata. ¿Le gustaría a tu madre que fueras pirata, Slightly?

Guiñó el ojo a Slightly, quien dijo apesadumbrado:

—Creo que no —dijo, como si deseara que las cosas hubiesen sido de otra manera—. ¿Le gustaría a tu madre que fueras pirata, gemelo?

—Creo que no —dijo el primer gemelo, tan inteligente como los demás—. Nibs, ¿te gustaría...?

—¡Basta de charla! —rugió Garfio, y arrastraron hacia atrás a los que habían hablado—. Tú, muchacho —dijo, dirigiéndose a John—.

Tú pareces tener un poco de valor. ¿No has pensado nunca en ser pirata, valiente?

Bueno, John había experimentado a veces ese anhelo por las matemáticas, y le sorprendió que Garfio le eligiera.

—Una vez pensé en llamarme Jack Mano Roja —dijo con timidez.

—Buen nombre. Aquí todos te llamaremos así, bravucón, si te unes a nosotros.

—¿Qué piensas tú, Michael? —preguntó John.

—¿Cómo me llamaríais a mí si me uniera a vosotros? — preguntó Michael.

—Joe Barbanegra.

Naturalmente, Michael quedó impresionado.

—¿Qué piensas tú, John?

Michael quería que John decidiera, y John quería que fuera Michael quien lo decidiera.

—¿Seguiremos siendo súbditos respetuosos del rey? —preguntó John.

Garfio respondió entre dientes:

—Tendríais que jurar «Abajo el rey».

Tal vez John no se había comportado muy bien hasta entonces, pero ahora brilló.

—Entonces me niego —gritó, golpeando el barril que había delante de Garfio.

—Y yo también —gritó Michael.

—¡Inglaterra manda! —dijo Curly, chillando.

Los enfurecidos piratas les dieron un golpe en la boca; y Garfio gritó:

—Eso sella vuestro destino. Subid a su madre. Preparad el tablón.

Sólo eran niños, y se pusieron pálidos cuando vieron a Jukes y a Cecco preparar el tablón mortal. Pero intentaron parecer valientes cuando subieron a Wendy.

No se puede expresar con palabras cómo despreciaba Wendy a aquellos piratas. Para los chicos aún había algo de glamur en la vocación de pirata, pero lo único que vio ella fue que no habían fregado el barco desde hacía años. No había un ojo de buey de cristal mugriento en el que no pudiera haberse escrito con el dedo la palabra «guarro», y ella ya la había escrito en varios. Pero cuando los niños se reunieron a su alrededor, no pensaba en nada, salvo en ellos, por supuesto.

—Bien, bonita —dijo Garfio, con voz almibarada—, vas a ver a tus hijos caminar por el tablón.

Aunque era un caballero refinado, la intensidad de sus conversaciones habían ensuciado su gorguera, y se dio cuenta de pronto que ella la estaba mirando fijamente. Con un rápido gesto, trató de ocultarla, pero era demasiado tarde.

—¿Van a morir? —preguntó Wendy, con una mirada de desprecio tan espantosa que él casi se sintió desfallecido.

—Así es —gruñó él—. ¡Callaos todos! —exclamó con regodeo—. Escucharemos las últimas palabras de la madre a sus hijos.

Estuvo grandiosa Wendy en ese momento.

—Estas son mis últimas palabras, queridos niños —dijo con firmeza—. Me parece que tengo un mensaje para vosotros de vuestras verdaderas madres, y es éste: «Tenemos la esperanza de que nuestros hijos mueran como unos auténticos caballeros».

Hasta los piratas se quedaron asombrados. Tootles gritó como un histérico:

—¿Voy a hacer lo que espera mi madre? ¿Qué vas a hacer tú, Nibs?

—Lo que espera mi madre. ¿Qué vas a hacer tú, gemelo?

—Lo que espera mi madre. John, ¿qué vas a...?

—¡Atadla! —gritó Garfio.

Fue Smee quien la ató al mástil.

—Escucha, cielo —susurró—, te salvaré si prometes ser mi madre.

Pero ni siquiera por Smee habría hecho ella semejante promesa.

—Casi preferiría no tener hijos —dijo con desdén.

Es triste saber que ninguno de los niños estaba mirándola mientras Smee la ataba al mástil; los ojos de todos ellos estaban fijos en el tablón donde darían su último pequeño paseo. Ya no eran capaces de tener la esperanza de caminar por él con valentía, pues la capacidad de pensar había desaparecido en ellos; sólo podían mirar y temblar.

Garfio les sonrió con los dientes apretados y dio un paso hacia Wendy. Su intención era volverle el rostro para que viera a los niños caminar sobre el tablón, uno por uno. Pero nunca llegaría hasta ella, nunca oiría el grito de angustia que esperaba sacarle a ella. Oyó otra cosa en su lugar.

Era el terrible tictac del cocodrilo.

Todos lo oyeron: piratas, niños, Wendy; e inmediatamente todas las cabezas se giraron en una dirección; no hacia el agua, de donde procedía el sonido, sino hacia Garfio. Todos sabían que lo que estaba a punto de suceder sólo le concernía a él, y que de ser actores habían pasado de repente a ser espectadores.

Resulta realmente terrible ver el cambio que se produjo en él. Fue como si le hubiesen cortado todas las articulaciones. Se desplomó.

El sonido se acercaba ininterrumpidamente, y antes que él llegó este horrible pensamiento: «El cocodrilo está a punto de abordar el barco».

Hasta la garra de hierro permaneció inerte, como si supiera que no era parte intrínseca de lo que deseaba la fuerza atacante. Al haberse quedado tan tremendamente solo, cualquier otro hombre se habría quedado tendido donde había caído, con los ojos cerrados; pero el gigantesco cerebro de Garfio todavía funcionaba, y guiado por él, gateó por la cubierta hasta alejarse del sonido todo lo posible. Los piratas le dejaron paso respetuosamente, y sólo habló cuando se encontró contra la borda.

—¡Escondedme! —gritó con voz ronca.

Se reunieron en torno suyo; todos desviaron la mirada de lo que estaba subiendo a bordo. No tenían intención de luchar contra él. Era el Destino.

Sólo cuando Garfio quedó oculto para los niños, la curiosidad aflojó sus extremidades para que pudieran correr hacia el costado del barco y ver al cocodrilo trepando por él. Entonces se llevaron la sorpresa más extraña de la Noche de las Noches, pues no era el cocodrilo el que venía en su ayuda, era Peter.

Les hizo señas para que no dieran ningún grito de admiración que pudiese levantar sospechas. Luego siguió haciendo tictac.

CAPÍTULO XV

«O Garfio o yo esta vez»

HOOK OR ME THIS TIME

O Garfio o yo esta vez.

Cosas extrañas nos suceden a todos nosotros en la vida sin que nos demos cuenta durante un tiempo de que han sucedido.

Así, por dar un ejemplo, descubrimos de repente que hemos estado sordos de un oído durante no sabemos cuánto tiempo, pero digamos, media hora. Una experiencia similar había tenido Peter aquella noche. Cuando le vimos por última vez, caminaba sigilosamente por la isla, con un dedo en los labios y el puñal listo. Había visto pasar al cocodrilo sin advertir nada de particular en él, pero, al cabo de un rato, recordó que no hacía tictac. Al principio pensó que era inquietante, pero pronto llegó a la conclusión de que el reloj se había parado.

Sin dedicar ni un pensamiento a qué sentiría un individuo al verse privado tan abruptamente de su compañero más cercano, Peter reflexionó enseguida en cómo podría aprovecharse de la catástrofe, y decidió hacer él el tictac, de modo que los animales salvajes creyeran que era el cocodrilo y le permitieran pasar sin molestarle. Hacía el sonido del tictac de maravilla, pero tuvo un resultado imprevisto. El cocodrilo fue uno de los que oyeron el sonido y le siguió, aunque jamás se sabrá con certeza si fue con el propósito de recuperar lo que había perdido, o simplemente como un amigo, convencido de que de nuevo estaba haciendo tictac dentro de él, pues al igual que todos los esclavos de una idea fija, era un animal estúpido.

Peter llegó a la orilla sin ningún contratiempo y siguió avanzando; metió las piernas en el agua como si no fuese consciente de que había entrado en un nuevo elemento. Así pasan de la tierra al agua muchos animales, pero ningún ser humano que yo sepa. Mientras nadaba, sólo tenía un pensamiento: «O Garfio o yo esta vez». Llevaba tanto tiempo haciendo tictac que ahora seguía haciéndolo sin darse cuenta. De haberlo sabido, habría dejado de hacerlo, pues subir a bordo del bergantín con la ayuda del tictac, aunque era una idea ingeniosa, no se le había ocurrido.

Por el contrario, creía que había trepado por el costado del barco tan silencioso como un ratón; y se asombró al ver amilanarse a los piratas, y a Garfio en medio de ellos en un estado tan lamentable como si hubiese oído al cocodrilo.

¡El cocodrilo! Tan pronto como Peter lo recordó, oyó el tictac. Al principio pensó que el sonido procedía del cocodrilo y miró atrás rápidamente. Después se dio cuenta de que era él mismo el que lo estaba haciendo y de inmediato comprendió la situación. «¡Qué listo soy!», pensó enseguida, e hizo señas a los muchachos para que no estallaran en aplausos.

Fue en ese momento cuando Ed Teynte, el furriel, salió del castillo de proa y se dirigió a la cubierta. Ahora, lector, cronometra con tu reloj lo que sucedió. Peter le atacó y le asestó una puñalada certera y profunda. John puso las manos en la boca del desventurado pirata para reprimir el gemido de agonía. Cayó hacia adelante. Cuatro niños le cogieron para evitar el ruido sordo. Peter dio la señal y aquella carroña fue lanzada por la borda. Se oyó el ruido de una salpicadura y luego silencio. ¿Cuánto tiempo ha pasado?

—¡Uno! (Slightly había empezado a contar).

Menos mal que cada pulgada de Peter había desaparecido de puntillas y había entrado en el camarote, pues más de un pirata estaba armándose de valor para mirar a su alrededor. Ahora podían oír la angustiada respiración del otro, lo que les demostraba que el sonido más terrible había pasado.

—Se ha ido, capitán —dijo Smee, limpiándose los anteojos—. Todo vuelve a estar tranquilo.

Lentamente Garfio fue sacando la cabeza de su golilla, y escuchaba con tanta atención que podría haber oído el eco del tictac. No se oía ningún ruido y se incorporó con firmeza hasta enderezarse del todo.

—¡Pues entonces al tablón! —gritó con descaro, odiando a los niños más que nunca porque le habían visto tan cambiado. Prorrumpió con la malvada cancioncilla:

> *¡Jo, jo, jo, el travieso tablón,*
> *por el caminaréis y caeréis,*
> *hasta que en el fondo del mar os encontréis!*

Para aterrorizar aún más a los prisioneros, aunque con cierta pérdida de dignidad, Garfio bailó sobre un imaginario tablón, haciéndoles muecas mientras cantaba, y cuando terminó, gritó:

—¿Queréis tocar al gato antes de caminar por el tablón?

Al oír aquello, todos cayeron de rodillas.

—¡No, no! —exclamaron de un modo tan lastimero que sonrieron los piratas.

—Trae al gato, Jukes —dijo Garfio—, está en el camarote.

¡El camarote! ¡Peter estaba en el camarote! Los niños se miraron unos a otros.

—Sí, sí —dijo Jukes alegremente, y entró al camarote dando zancadas. Todos le siguieron con la mirada; apenas se dieron cuenta de que Garfio había reanudado su canción y que sus perros se habían unido a él.

Jo, jo, jo, el gato que araña,
nueve colas tiene, ya sabéis,
y cuando la espalda te marcan...

Nunca sabremos cuál era el último verso, pues de pronto la canción se interrumpió al oír un chillido espantoso que procedía del camarote. Se oyó por todo el barco y luego se desvaneció. Después se oyó un cacareo que los niños comprendieron muy bien, pero para los piratas resultó casi más espeluznante que el chillido.

—¿Qué ha sido eso? —preguntó Garfio.

—Dos —dijo Slightly con solemnidad.

Cecco, el italiano, dudó por un momento y después se lanzó hacia el camarote. Salió tambaleándose y demacrado.

—¿Qué pasa con Bill Jukes, tú, perro? —susurró Garfio, elevándose por encima de él.

—Lo que le pasa es que está muerto, apuñalado —respondió Cecco con voz hueca.

—¡Muerto Bill Jukes! —exclamaron los piratas, perplejos.

—El camarote está tan oscuro como un pozo —dijo Cecco, casi farfullando—, pero hay algo terrible ahí; lo que habéis oído cacarear.

El júbilo de los niños, las miradas bajas de los piratas; las dos cosas vio Garfio.

—Cecco —dijo con su voz más acerada—, vuelve y tráeme a eso que cacarea.

Cecco, el más valiente de los valientes, se acobardó ante su capitán y exclamó: «¡No, no!», pero Garfio estaba susurrando a su garra.

—¿Has dicho que irías, Cecco? —dijo con aire distraído.

Cecco fue, alzando primero los brazos con desesperación. Ya no hubo más cantos, todos escuchaban; y de nuevo oyeron un chillido mortal y un cacareo.

Nadie habló, excepto Slightly. «Tres», dijo.

Garfio reunió a sus perros con un gesto.

—¡Por todos los diablos! —tronó Garfio—. ¿Quién me va a traer a eso que cacarea?

—Esperemos a que salga Cecco —masculló Starkey, y los demás se unieron a él.

—Creo que he oído que quieres ir voluntario, Starkey —dijo Garfio, susurrando de nuevo a su garra.

—¡No, maldita sea! —exclamó Starkey.

—Mi garfio cree que sí —dijo Garfio, acercándose a él—. Me pregunto si sería aconsejable, Starkey, poner de malhumor al garfio.

—Prefiero que me cuelguen antes de entrar ahí —respondió Starkey con tenacidad, y de nuevo tuvo el apoyo de la tripulación.

—¿Es un motín? —preguntó Garfio, de un modo más amable que nunca—. Y Starkey es el cabecilla.

—Capitán, tenga piedad —gimoteó Starkey, temblando ahora.

—Choca esa mano, Starkey —dijo Garfio, ofreciendo su garra.

Starkey miró en torno suyo en busca de ayuda, pero todos le abandonaron. A medida que retrocedía, Garfio avanzaba, y ahora con la chispa roja en sus ojos. Con un grito de desesperación el pirata saltó por encima de Tom el Largo y se arrojó al mar.

—Cuatro —dijo Slightly.

—Y bien —dijo Garfio con cortesía—, ¿algún otro caballero va a hablar de amotinarse? —Agarró un farol y alzó la garra con gesto amenazador—. Yo mismo traeré a eso que cacarea —dijo, y entró precipitadamente al camarote.

«Cinco». Cuántas ganas tenía Slightly de decirlo. Se humedeció los labios para estar preparado, pero Garfio salió tambaleándose y sin su farol.

—Algo apagó la luz —dijo temblándole ligeramente la voz.

—¡Algo! —repitió Mullins.

—¿Qué hay de Cecco? —preguntó Noodler.

—Está muerto como Jukes —dijo Garfio secamente.

Mostrar recelo a volver al camarote les impresionó a todos de un modo desfavorable, y prorrumpieron otra vez voces de motín. Todos los piratas son supersticiosos. Cookson dijo:

—Dicen que la señal más segura de que un barco está maldito es que haya uno más a bordo de los que se pueda explicar.

—Yo he oído —masculló Mullins— que al final siempre aborda al barco pirata. ¿Tiene cola, capitán?

—Dicen —dijo otro, mirando a Garfio despiadadamente— que cuando llega es la viva imagen del hombre más malvado que haya a bordo.

—¿Tiene un garfio, capitán? —preguntó Cookson con insolencia; y uno tras otro fueron repitiendo «el barco está maldito». Al oír esto los niños no pudieron resistir soltar una ovación. Garfio casi había olvidado a sus prisioneros, pero al girarse hacia ellos se le iluminó el rostro de nuevo.

—¡Muchachos! —gritó a su tripulación—, tengo una idea. Abrid la puerta del camarote y llevadlos a él. Que luchen con lo que cacarea por salvar sus vidas. Si lo matan, mucho mejor para nosotros; sí les mata a ellos, no estaremos peor.

Por última vez sus perros admiraron a Garfio y cumplieron sus órdenes con fervor. Los niños, fingiendo que forcejeaban, fueron empujados al interior del camarote y la puerta se cerró tras ellos.

—Ahora, escuchad —dijo Garfio, y todos escucharon. Pero ninguno se atrevía a mirar de frente a la puerta. Bueno sí, una, Wendy, que durante todo este tiempo había estado atada al mástil. No era para oír un grito o un cacareo por lo que estaba mirando, sino para ver reaparecer a Peter.

No tuvo que esperar mucho tiempo. Él había encontrado en el camarote lo que había ido a buscar: la llave que liberaría a los niños de sus esposas. Después se escabulleron todos, armados con las armas que pudieron encontrar. Primero les hizo señas para que se escondieran, luego cortó las ataduras de Wendy, y después nada podría haber resultado más fácil para ellos que huir volando todos juntos; pero algo obstaculizaba el camino, un juramento: «O Garfio o yo esta vez». De modo que cuando hubo liberado a Wendy, le susurró que se escondiera con los demás, y él mismo ocupó su lugar en el mástil, envolviéndose en su capa para hacerse pasar por ella. Luego tomó aliento con fuerza y cacareó.

Para los piratas era la voz que gritaba que todos los muchachos yacían muertos en el camarote, y les entró pánico. Garfio intentó animarles, pero como esos perros en los que les había convertido, le mostraron sus colmillos, y él sabía que si apartaba los ojos de ellos ahora, saltarían sobre él.

—Muchachos —dijo, dispuesto a engatusar o a golpear según fuese necesario, pero sin amedrentarse jamás, ni un solo instante—, lo he pensado. Hay un gafe a bordo.

—Sí —gruñeron ellos—, un hombre con un garfio.

—No, muchachos, no, es la chica. Jamás hubo suerte en un barco pirata con una mujer a bordo. Todo irá bien en el barco cuando ya no esté ella.

Algunos de ellos recordaron que aquello lo había dicho Flint.

—Merece la pena intentarlo —dijeron sin dudarlo.

—¡Arrojad a la muchacha por la borda! —gritó Garfio, y ellos se precipitaron hacia la figura envuelta en la capa.

—No hay nadie que pueda salvarla ahora, señorita —susurró burlonamente Mullins.

—Hay uno —respondió la figura.

—¿Quién eres?

—¡Peter Pan el vengador! —fue la terrible respuesta, y al mismo tiempo que habló, Peter se quitó la capa. Fue entonces cuando supieron quien había estado deshaciéndose de ellos en el camarote, y dos veces intentó hablar Garfio y dos veces falló. En ese espantoso momento creo que se partió en dos su fiero corazón.

Finalmente, exclamó: «Partidle en dos», pero lo dijo sin convicción.

—¡Ahora, chicos, a por ellos! —se oyó la voz de Peter, y al momento el sonido del choque de las armas resonó en todo el barco. Si los piratas se hubiesen mantenido juntos, seguro que habrían ganado; pero el ataque llegó cuando estaban dominados por la sorpresa, y corrieron de un lado a otro, golpeando salvajemente, cada uno de ellos pensando que era el último superviviente de la tripulación. Uno contra uno los piratas eran más fuertes, pero sólo luchaban a la defensiva, lo que permitía a los muchachos cazar en pareja y elegir su presa. Algunos de los malhechores saltaron al agua; otros se escondieron en huecos oscuros, donde fueron descubiertos por Slightly, que no luchaba, sino que iba corriendo con un farol con el que les alumbraba a la cara, de modo que se quedaban medio ciegos y caían como presa fácil ante las hediondas espadas de los demás chicos. Apenas se oía otro ruido que el del sonido metálico de las armas, y de vez en cuando un grito o un chapoteo. Slightly seguía contando monótonamente: cinco... seis... siete... ocho... nueve... diez... once.

Creo que todos habían desaparecido cuando un grupo de niños salvajes rodeó a Garfio, quien parecía estar hechizado, pues los mantenía a raya a todos en ese círculo de fuego. Habían acabado con todos sus perros, pero este hombre solo parecía ser rival para todos ellos. Una y otra vez se acercaban a él, y una y otra vez él lograba dejar un espacio libre. Había alzado a un niño con su garfio, y le estaba utilizando de escudo, cuando otro, que acababa de atravesar a Mullins con su espada, saltó en medio de la lucha.

—Levantad las espadas, chicos —gritó el recién llegado—, este hombre es mío.

De ese modo tan repentino se encontró Garfio cara a cara con Peter. Los demás retrocedieron y formaron un círculo alrededor de ellos.

Los dos enemigos se miraron el uno al otro durante mucho tiempo. Garfio temblando ligeramente, y Peter con esa extraña sonrisa en su semblante.

—De modo, Pan —dijo al fin Garfio—, que todo esto es obra tuya.

—Sí, James Garfio —fue la austera respuesta— todo es obra mía.

—Joven orgulloso e insolente —dijo Garfio—, prepárate para encontrarte con la muerte.

—Hombre oscuro y siniestro —respondió Peter—, te tengo.

Sin mediar más palabras comenzaron a luchar, y por un espacio de tiempo no hubo ventaja para ninguna de las dos espadas. Peter era un maravilloso espadachín y desviaba las estocadas con una rapidez deslumbrante; de vez en cuando hacía un movimiento inesperado para engañarle y luego daba una estocada que traspasaba la defensa de su enemigo, pero su baja estatura no le ayudaba y no podía clavarle el acero. Garfio, apenas inferior a él en brillantez, pero no tan ágil en el juego de muñeca, le obligaba a retroceder por el peso de su embestida, con la esperanza de llegar a un final repentino con una estocada preferida por él y que le había enseñado mucho tiempo antes Barbacoa en Rio; pero para asombro suyo descubrió que Peter desviaba esta estocada una y otra vez. Luego intentó acercarse y darle muerte con su garfio de hierro, que durante todo este tiempo había estado dando zarpazos al aire; pero Peter se dobló por debajo de él y, arremetiendo con ferocidad, le atravesó en las costillas. Que Garfio viera su propia sangre, que, como recordaréis, era de un color tan peculiar, le resultaba ofensivo; la espada cayó de la mano de Garfio y quedó a merced de Peter.

—¡Ahora! —gritaron los muchachos; pero con un magnífico gesto, Peter invitó a su oponente a recoger su espada. Garfio lo hizo al instante, pero con la horrorosa sensación de que Peter estaba demostrando buena educación.

Hasta entonces había pensado que era una especie de demonio el que luchaba contra él, pero sospechas más oscuras le asaltaban ahora.

—Pan, ¿quién o qué eres? —preguntó con voz ronca.

—Soy la juventud, soy la alegría —contestó Peter al azar—. Soy un pajarillo que ha salido del huevo.

Desde luego, aquello eran tonterías, pero eso le demostraba al infeliz Garfio que Peter no sabía en lo más mínimo quién o qué era, lo cual era la mismísima cima de la buena educación.

—¡En guardia! —gritó desesperado.

Luchaba ahora como un mangual humano, y cada barrido de aquella terrible espada habría cortado en dos a cualquier hombre o muchacho que se pusiera delante, pero Peter revoloteaba a su alrededor como si el mismo viento que provocaba le apartara de la zona de peligro. una y otra vez se abalanzaba hacia él y le hería.

Garfio luchaba ahora sin esperanza. Ese corazón apasionado ya no pedía vivir más tiempo, pero anhelaba un deseo: ver mala educación en Peter antes de que se enfriara para siempre.

Abandonando la lucha, entró precipitadamente en la santabárbara y encendió una mecha.

—Dentro de dos minutos —dijo— el barco explotará y se hará pedazos.

Ahora, ahora, pensó, se demostrará la verdadera educación.

Pero Peter salió de la santabárbara con la bomba en sus manos y la lanzó por la borda tranquilamente.

¿Qué clase de educación estaba demostrando Garfio? A pesar de ser un hombre mal encaminado, podríamos alegrarnos, sin simpatizar con él, de que hasta el final fue fiel a las tradiciones de su estirpe. Los demás niños volaban ahora a su alrededor burlándose de él con desprecio; y mientras se tambaleaba por la cubierta atacando con impotencia, su mente ya no estaba con ellos; estaba paseando por los campos de juego de antaño, o le estaban avisando para que subiera a ver al director para algo bueno, o viendo el partido en esa famosa pared. Y sus zapatos eran los correctos, y su chaleco era el correcto, y su corbata era la correcta, y sus calcetines eran los correctos.

James Garfio, figura no carente de heroísmo, adiós. Pues hemos llegado a tu último momento.

Al ver a Peter avanzar lentamente sobre él en el aire con el puñal en alto, de un salto subió a la borda para arrojarse al mar. No sabía que el cocodrilo le estaba esperando, pues paramos el reloj a propósito para evitar que pudiera saberlo: una pequeña muestra de respeto de nuestra parte al final.

Garfio consiguió un último triunfo por el que no creo que debamos guardarle rencor. Mientras estaba subido en la borda, mirando por encima del hombro a Peter volando por el aire, le invitó con un gesto a que usara el pie. Eso provocó que Peter le diera una patada en lugar de una puñalada.

Al fin Garfio veía cumplido el deseo que anhelaba.

—¡Mala educación! —exclamó burlón, y cayó satisfecho hacia el cocodrilo.

De ese modo pereció James Garfio.

—Diecisiete —contó Slightly, pero su cifra no era del todo correcta. Quince pagaron por sus crímenes aquella noche, pero dos llegaron a la orilla: Starkey, para ser capturado por los pieles rojas, quienes le convirtieron en niñero de todos sus niños indios, una degradación triste para un pirata; y Smee, quien, a partir de entonces, vagó por el mundo con sus anteojos, ganándose la vida precariamente contando que era el único hombre a quien James Garfio había temido.

Wendy, por supuesto, no había participado en la lucha, aunque observaba a Peter con un brillo en sus ojos, pero ahora que todo había terminado, se hizo destacar de nuevo. Alabó a todos por igual, y se estremeció con placer cuando Michael le mostró el lugar donde había matado a uno de ellos; luego les llevó al camarote de Garfio y señaló el reloj que colgaba de un clavo. ¡Marcaba la una y media!

Lo avanzado de la hora casi era lo más importante de todo. Les acostó en los camastros de los piratas rápidamente, podéis estar seguros; a todos menos a Peter, quien andaba pavoneándose de un lado a otro en la cubierta, hasta que por fin se quedó dormido junto a Tom el Largo. Tuvo uno de sus sueños esa noche, y lloró mucho rato mientras dormía, y Wendy le abrazó fuerte.

CAPÍTULO XVI

El regreso a casa

Al sonar las dos campanadas aquella mañana ya estaban todos preparados, pues había mar gruesa. Tootles, el contramaestre, se encontraba entre ellos, con el extremo de un cabo en la mano y mascando tabaco. Todos vestían ropas de pirata cortadas a la altura de la rodilla, se habían afeitado bien y subido a cubierta con el auténtico movimiento tambaleante de los marineros, y sujetándose los pantalones.

No es necesario decir quién era el capitán. Nibs y John eran el primer y segundo oficial. Había una mujer a bordo. Los demás eran marineros y vivían en el castillo de proa. Peter ya se había amarrado al timón, pero llamó a todos y les dirigió un breve discurso. Dijo que esperaba que cumplieran con su deber como unos gallardos valientes, pero que sabía que eran la escoria de Rio y de la Costa de Oro, y que si le gritaban les haría trizas. Las abruptas y estridentes palabras se dieron en el tono que comprendían los marineros, y ellos le aclamaron con entusiasmo. Después se dieron unas cuantas órdenes severas y viraron el barco para dirigirlo al mundo real.

Después de consultar la carta de navegación, el capitán Pan calculó que, si se mantenía así el tiempo, llegarían a las Azores el 21 de junio, tras lo cual ganarían tiempo si iban volando.

Algunos de ellos querían que fuera un barco legal y otros eran partidarios de que siguiera siendo un barco pirata, pero el capitán les trataba como a perros y no se atrevían a expresar sus deseos ni siquiera en conjunto. Obedecer al instante era lo único seguro. Slightly recibió doce latigazos por quedarse perplejo cuando se le dijo que echara la sonda. La sensación general era que Peter sólo era honesto ahora para calmar las sospechas de Wendy, pero podría producirse un cambio cuando estuviera listo el nuevo traje, el cual, en contra de la voluntad de Wendy, estaba haciendo para él con algunas de las malvadas prendas de Garfio. Más tarde se murmuró entre ellos que la primera noche que se puso ese traje se sentó largo rato en el camarote con la boquilla de Garfio en la boca y el puño apretado, excepto el dedo índice, que tenía doblado y sostenía en alto amenazadoramente como si se tratase de un garfio.

Sin embargo, en vez de observar el barco, debemos regresar a ese hogar desolado del que tres de nuestros personajes se habían marchado volando de un modo tan despiadado hacía ya mucho tiempo. Nos da lástima haber tenido abandonado el número 14 todo este tiempo, pero podemos estar seguros de que la señora Darling no nos culpará. Si hubiésemos regresado antes para mirarla con apesadumbrada compasión, probablemente habría exclamado: «No seáis tontos. ¿Qué importo yo? Regresad a cuidar de los niños». Mientras las madres sean así, sus hijos se aprovecharán de ellas; y es posible que ellos se aferren a eso.

Incluso ahora nos aventuramos a entrar en esa habitación de los niños tan sólo porque sus legítimos ocupantes van camino de casa; simplemente nos apresuramos a adelantarnos a ellos para comprobar que sus camas están convenientemente aireadas y que el señor y la señora Darling no salen por la noche. No somos más que servidores. ¿Por qué diablos deberían estar sus camas convenientemente aireadas, sabiendo que las abandonaron con tanta prisa esos desagradecidos? ¿No se tendrían bien merecido que al regresar a casa se encontraran con que sus padres se hubieran ido a pasar el fin de semana al campo? Sería la lección moral que han estado necesitando desde que les conocimos, pero si lleváramos las cosas por ese camino, la señora Darling jamás nos perdonaría.

Hay algo que me gustaría muchísimo hacer, y es decirle a ella, de la forma que tienen los autores, que los niños están regresando, que, de hecho, estarán ahí el jueves de la semana que viene. Esto estropearía por completo la sorpresa que tanto están deseando dar Wendy, John y Michael. Se la han estado imaginando en el barco: el gozo de mamá, el grito de júbilo de papá, el salto en el aire de Nana para abrazarles ella primero, cuando para lo que deberían estar preparándose es para recibir una buena paliza. Qué delicioso sería estropearlo todo dando la noticia por adelantado, de modo que cuando entraran a lo grande la señora Darling tal vez no le diera un beso a Wendy, y el señor Darling exclamara malhumorado: «¡Vaya, ya están aquí de nuevo esos chicos!». Sin embargo, no recibiríamos agradecimiento ni siquiera por esto. Estamos empezando a conocer a la señora Darling ahora, y podríamos estar seguros de que nos recriminaría por privar a los niños de ese pequeño placer.

—Pero, mi querida señora, faltan diez días para el jueves de la semana que viene, de modo que al contárselo, podemos evitarle diez días de infelicidad.

—¡Sí, pero a qué precio! Privándole a los niños de diez minutos de placer.

—Oh, si usted lo ve de esa manera...

—¿Y de qué otra manera se puede ver?

Ya veis, la mujer no tenía el coraje adecuado. Tenía intención de decir cosas extraordinarias sobre ella, pero la desprecio, y ahora no diré ninguna de ellas. En realidad, no es necesario decirle que tenga preparadas las cosas, porque ya están preparadas. Todas las camas están aireadas y jamás sale de casa, y observad, la ventana está abierta. Para lo que servimos aquí, podríamos volver al barco. Sin embargo, ya que estamos aquí podríamos quedarnos a curiosear. Eso es lo que somos, curiosos. Nadie nos necesita realmente. Así que observemos y contemos lo que resulta irregular, con la esperanza de que alguna de esas cosas haga daño.

El único cambio que se ve en la habitación de los niños es que entre las nueve de la mañana y las seis de tarde la perrera no está allí. Cuando los niños huyeron, el señor Darling sintió en lo más profundo que la culpa era suya por haber atado a Nana, y que desde el primer momento hasta el último ella había sido más inteligente que él. Por supuesto, como hemos visto, era un hombre bastante ingenuo; de hecho, podría haber pasado por muchacho otra vez si hubiese sido capaz de quitarse la calvicie; pero también tenía un noble sentido de la justicia y el coraje de un león para hacer lo que a él le parecía correcto; y después de haber pensado en el asunto con mucho cuidado tras la huida de los niños, se puso a cuatro patas y se metió en la perrera. A todas las cariñosas invitaciones de la señora Darling para que saliera de allí, él respondía con tristeza, pero también con firmeza:

—No, querida, este es mi sitio.

En la amargura de sus remordimientos juró que no abandonaría la perrera hasta que sus hijos regresaran. Desde luego era una lástima, pero es que cualquiera cosa que hacía el señor Darling, tenía que hacerla en exceso; de lo contrario, pronto dejaba de hacerla. Y jamás hubo hombre más humilde que quien en otro tiempo fuera el orgulloso George Darling, y que ahora estaba sentado en la perrera por la tarde, hablando con su esposa de sus hijos y de todas sus bonitas costumbres.

Muy conmovedora resultaba su deferencia hacia Nana. No permitía que entrara en la perrera, pero en todos los demás asuntos atendía a sus deseos implícitamente.

Cada mañana llevaban la perrera con el señor Darling en su interior hasta un coche de alquiler que lo llevaba a su oficina, y regresaba a casa del mismo modo a las seis. Se comprenderá ahora parte de la fortaleza de carácter de este hombre si recordamos lo sensible que era a la opinión de los vecinos: este hombre, cuyos movimientos llamaban tanto la atención ahora. Interiormente debía de estar sufriendo una tortura, pero conservaba la calma exteriormente, incluso cuando los jóvenes criticaban su casita, y siempre se levantaba el sombrero cortésmente ante cualquier dama que mirara al interior.

Podría haber resultado quijotesco, pero fue magnífico. Pronto se supo el significado de aquel acto, y llegó al gran corazón del público. Una multitud de personas seguía al coche, aclamando con fuerza; muchachas encantadoras subían a él para conseguir un autógrafo; aparecían entrevistas en los mejores periódicos, y la alta sociedad le invitaba a cenar y añadía: «Venga en la perrera».

Aquel azaroso jueves la señora Darling se hallaba en la habitación de los niños esperando a que George volviera a casa; era una mujer de ojos tristes. Ahora que la miramos de cerca y recordamos su alegría de los viejos tiempos, que ha desaparecido porque ha perdido a sus hijos, descubro que no soy capaz de decir cosas desagradables sobre ella después de todo. No podía evitar sentir mucho cariño por sus malos hijos. Miradla en su sillón, donde se ha quedado dormida. La comisura de sus labios, donde uno mira primero, se ha marchitado. Su mano se mueve inquieta sobre el pecho como si le doliese ahí. A algunos les gusta más Peter, a otros les gusta más Wendy, pero a mí ella es la que más me gusta. Supongamos, para hacerla feliz, que le susurramos en su sueño que los mocosos están regresando. En realidad, ya están a dos millas de distancia de la ventana, volando con fuerza, pero todo lo que necesitamos susurrar es que ellos están de camino. Vamos.

186

Es una pena que no lo hiciésemos, pues se ha despertado sobresaltada, llamándoles por sus nombres, y en la habitación no está nada más que Nana.

—Oh, Nana, he soñado que mis hijos habían vuelto.

Nana tenía los ojos húmedos, pero lo único que pudo hacer fue poner suavemente la pata en el regazo de su dueña, y así estaban las dos juntas cuando trajeron de regreso la perrera. Cuando el señor Darling saca la cabeza para besar a su esposa, vemos que su rostro está más envejecido que antaño, pero tiene una expresión más dulce.

Le dio su sombrero a Liza, quien lo cogió con desdén, pues ella no tenía imaginación y era completamente incapaz de comprender los motivos de aquel hombre. Afuera una gran multitud había acompañado al coche hasta casa y aún seguía aclamando, y a él, naturalmente, no le dejaba impasible.

—Escuchadles —dijo—, es muy gratificante.

—Un montón de críos —dijo Liza con desprecio.

—Hay varios adultos hoy —le aseguró algo ruborizado, pero cuando ella sacudió la cabeza, él no tuvo ni una palabra de reproche para ella. El éxito social no le había echado a perder, sino que le había hecho más amable. Permaneció un rato en la perrera, con medio cuerpo fuera de ella, hablando con la señora Darling de ese éxito y presionándole la mano para tranquilizarla; entonces dijo ella que esperaba que no se le subiera a la cabeza.

—Pero si hubiese sido un hombre débil —dijo—. ¡Cielo santo, si hubiese sido un hombre débil!

—George —dijo ella tímidamente—, estás lleno de remordimientos como siempre, ¿verdad?

—¡Lleno de remordimientos como siempre, querida! Mira mi castigo, vivir en una perrera.

—Pero es un castigo, ¿no, George? ¿Estás seguro de que no estás disfrutando con ello?

—¡Mi amor!

Podéis estar seguros de que ella le pidió perdón, y luego, sintiéndose él somnoliento, se acurrucó en la perrera.

—¿Por qué no tocas el piano del cuarto de jugar de los niños para que me duerma? —preguntó él. Y cuando ella se dirigía al cuarto de jugar, añadió sin pensar—. Y cierra esa ventana. Noto una corriente de aire.

—Oh, George, no me pidas eso jamás. La ventana debe estar siempre abierta para ellos, siempre, siempre.

Ahora le tocó a él pedirle perdón. Ella entró en el cuarto y tocó el piano, y él pronto se quedó dormido. Mientras dormía, Wendy, John y Michael entraron en la habitación.

¡Ah, no! Lo hemos escrito así porque ese era el encantador plan que habían ideado en el barco, pero algo debió de haber sucedido desde entonces porque no son ellos los que entran volando, son Peter y Campanilla.

Las primeras palabras de Peter lo dicen todo.

—Rápido, Campanilla —susurró—, cierra la ventana, baja el pestillo. Eso está bien. Ahora tú y yo saldremos por la puerta, y cuando Wendy llegue creerá que su madre la ha dejado fuera y tendrá que regresar conmigo.

Ahora comprendo lo que hasta entonces me había desconcertado, por qué, cuando Peter exterminó a los piratas no había vuelto a la isla y había dejado a Campanilla para que escoltara a los niños al mundo real. Había tenido en la cabeza esta artimaña durante todo el tiempo.

En vez de pensar que se estaba portando mal, bailaba con regocijo; luego se asomó al cuarto de los niños para ver quien estaba tocando. Susurró a Campanilla: «Es la madre de Wendy. Es una señora guapa, pero no tan guapa como mi madre. Su boca está llena de dedales, pero no tanto como lo estaba la de mi madre».

Por supuesto, él no sabía nada sobre su madre, pero a veces alardeaba de ella.

No conocía la melodía, que era la de *Hogar, dulce hogar,* pero sabía lo que decía: «Regresa Wendy, Wendy, Wendy»; él exclamó con gran júbilo, «Jamás volverá a ver a Wendy, señora, pues la ventana está cerrada».

Volvió a asomarse para ver por qué se había detenido la música, y entonces vio que la señora Darling había inclinado la cabeza sobre la caja del piano y que había dos lágrimas posadas en sus ojos.

«Quiere que abra la ventana», pensó Peter, «pero no lo haré, no».

De nuevo se asomó y las lágrimas aún estaban allí, u otras dos que habían ocupado su lugar.

«Le tiene mucho cariño a Wendy», dijo para sus adentros. Estaba enfadado con ella porque no comprendía por qué no podría tener ella a Wendy ahora.

La razón era muy sencilla:

«Yo también le tengo mucho cariño. No podemos tenerla los dos, señora».

Pero la señora no se conformaría y él se sentía desdichado. Dejó de mirarla, pero ni siquiera entonces le dejaba en paz. Brincaba de un lado a otro y hacía graciosas muecas con la cara, pero cuando se detuvo fue como si ella estuviera dentro él, llamando a la puerta.

—Oh, está bien —dijo al fin, y tragó saliva. Luego abrió la ventana—. Vamos, Campanilla —exclamó, con una espantosa mueca de desprecio hacia las leyes de la naturaleza—; no queremos madres tontas —y se fue volando.

De modo que Wendy, John y Michael encontraron abierta la ventana para ellos después de todo, lo cual, por supuesto, era más de lo que merecían. Se posaron en el suelo, sin avergonzarse de sí mismos, y el más pequeño ya había olvidado su hogar.

—John —dijo, mirando en torno suyo con incertidumbre—, creo que yo he estado aquí antes.

—Por supuesto que sí, tonto. ¡Ahí está tu antigua cama!

—Ah, sí —dijo Michael, pero sin demasiada convicción.

—¡Mirad! —exclamó John—. ¡La perrera! —y cruzó la habitación apresuradamente para mirar en el interior.

—A lo mejor Nana está dentro —dijo Wendy.

John silbó y dijo:

—¡Hala, hay un hombre dentro!

—¡Es papá! —exclamó Wendy.

—Déjame ver a papá —suplicó Michael con impaciencia, y le echó un buen vistazo—. No es tan grande como el pirata que maté —dijo, mostrando una decepción tan sincera que me alegro de que el señor Darling estuviese dormido; habría resultado muy triste que hubiesen sido las primeras palabras que le hubiese oído decir a su pequeño Michael.

Wendy y John se habían sorprendido un poco al encontrar a su padre en la perrera.

—Supongo —dijo John, como quien desconfía de su memoria—que no solía dormir en la perrera.

—John —dijo Wendy titubeando—, tal vez no nos acordemos de nuestra antigua vida tanto como pensábamos.

Un escalofrío les recorrió el cuerpo, y bien merecido lo tenían.

—Qué descuido por parte de mamá —dijo aquel joven granujilla de John— no estar aquí cuando regresamos.

Fue entonces cuando la señora Darling empezó a tocar de nuevo.

—¡Es mamá! —exclamó Wendy, asomándose.

—Sí que es —dijo John.

—Entonces, ¿tú no eres realmente nuestra madre, Wendy? —preguntó Michael, quien seguramente estaba adormilado.

—¡Oh, Dios mío! —exclamó Wendy, con la primera punzada de remordimiento—, ya era hora de que volviéramos.

—Entremos sigilosamente —sugirió John—, y tapémosle los ojos con las manos.

Pero Wendy, que se daba cuenta de que debían dar la alegre noticia de un modo más suave, tenía un plan mejor.

—Nos meteremos todos en la cama y estaremos allí cuando entre, como si nunca nos hubiéramos ido.

Y de ese modo, cuando la señora Darling volvió a la habitación para comprobar si su esposo estaba dormido, todas las camas estaban ocupadas. Los niños esperaban un grito de alegría, pero no llegó. Ella les vio, pero no creyó que estuvieran allí. Ya veis, les veía tan a menudo en sus camas mientras soñaba que pensó que tan sólo era que aún estaba soñando.

Se sentó en el sillón junto al fuego, donde en los viejos tiempos les había amamantado.

Ellos eran incapaces de comprender esto, y un frío temor se apoderó de los tres.

—¡Mamá! —exclamó Wendy.

—Esa es Wendy —dijo, pero convencida todavía de que era un sueño.

—¡Mamá!

—Ese es John —dijo ella.

—¡Mamá! —gritó Michael. Ahora lo supo él.

—Ese es Michael —dijo ella, y extendió los brazos para aquellos tres niños egoístas que jamás volverían a abrazar. Pero sí, sí que lo hicieron, abrazaron a Wendy, a John y a Michael, quienes habían salido de la cama y habían corrido hacia ella.

—¡George, George! —exclamó, cuando fue capaz de hablar. El señor Darling se despertó para compartir su dicha y Nana entró corriendo. No podía haber espectáculo más hermoso; pero no había nadie para verlo, excepto un muchacho extraño que estaba mirando desde la ventana. Había sentido innumerables alegrías que los demás niños no conocerán jamás, pero estaba viendo a través de la ventana la única alegría de la que siempre debía estar excluido.

CAPÍTULO XVII

Cuando Wendy creció

PETER AND JANE

Peter y Jane.

Tengo la esperanza de que queráis saber que fue de los demás niños. Ellos aguardaban abajo para dar tiempo a Wendy para explicar lo que sucedía con ellos, y cuando contaron hasta quinientos, subieron. Subieron por las escaleras, pues creían que eso causaría mejor impresión. Se pusieron en fila frente a la señora Darling, con los gorros quitados, y deseando no haber llevado puestas sus ropas de pirata. No decían nada, pero sus ojos le pedían que se quedara con ellos. Deberían haber mirado también al señor Darling, pero se olvidaron de él.

Por supuesto, la señora Darling dijo enseguida que se los quedaría, pero el señor Darling se encontraba extrañamente deprimido, y se dieron cuenta de que consideraba que seis eran una gran cantidad.

—Debo decir —le dijo a Wendy— que tú no haces las cosas a medias —un comentario poco entusiasta que los gemelos pensaron que iba dirigido a ellos.

El primer gemelo era el orgulloso, y preguntó ruborizado:

—¿Cree que seríamos demasiados, señor? Porque si es así, podemos irnos.

—¡Papá! —exclamó Wendy, perpleja; pero él aún estaba muy serio. Sabía que se estaba portando indignamente, pero no podía evitarlo.

—Podríamos dormir de dos en dos —dijo Nibs.

—Yo siempre les corto el pelo —dijo Wendy.

—¡George! —exclamó la señora Darling, afligida al ver a su amado mostrarse tan desfavorable.

Entonces estalló en lágrimas y la verdad salió a la luz. Estaba tan contento como ella por tenerlos, dijo, pero pensaba que deberían haber pedido su consentimiento también a él, en vez de tratarle como a un don nadie en su propia casa.

—No creo que sea un don nadie —dijo Tootles al instante—. ¿Crees que es un don nadie, Curly?

—No, no lo es. ¿Crees que es un don nadie, Slightly?

—No me lo parece. Gemelo, ¿qué crees tú?

Resultó que ninguno de ellos creía que fuera un don nadie, y él se sintió absurdamente satisfecho, y dijo que encontraría espacio para todos ellos en el comedor si cabían.

—Cabremos, señor —le aseguraron.

—Entonces, ¡seguid al líder! —exclamó con alegría—. Eso sí, no estoy seguro de que tengamos un comedor, pero fingiremos que lo tenemos y será lo mismo. ¡Movimiento!

Fue bailando por toda la casa y todos gritaban «¡movimiento!» y bailaban detrás de él, buscando el comedor. Y he olvidado si lo encontraron, pero en cualquier caso, encontraron rincones y cupieron todos.

Respecto a Peter, vio a Wendy una vez más antes de marcharse volando. No es que fuera a la ventana exactamente, sino que la rozó al pasar, de modo que ella pudiese abrirla si quería, y llamarle. Eso es lo que hizo.

—Hola, Wendy, adiós —dijo.

—Oh, cielos, ¿te vas?

—Sí.

—¿No piensas —dijo ella titubeando— que te gustaría decirles algo a mis padres sobre un asunto muy bonito?

—No.

—¿Sobre mí, Peter?

—No.

La señora Darling se acercó a la ventana, pues en ese momento estaba vigilando a Wendy. Le dijo a Peter que había adoptado a todos los demás niños y que le gustaría adoptarle a él también.

—¿Me enviaría a la escuela? —preguntó astutamente.

—Sí.

—¿Y luego a una oficina?

—Supongo que sí.

—¿Sería un hombre pronto?

—Muy pronto.

—No quiero ir a la escuela ni aprender cosas solemnes —le dijo con vehemencia—. No quiero ser un hombre. ¡Oh, madre de Wendy, si me despertara y me diera cuenta de que tengo barba!

—Peter —dijo Wendy, siempre consolando—, me encantaría verte con barba.

La señora Darling le extendió los brazos, pero él la rechazó.

—Atrás, señora, nadie va a atraparme y a convertirme en un hombre.

—Pero, ¿dónde vas a vivir?

—Con Campanilla en la casa que construimos para Wendy. Las hadas van a colocarla entre las copas de los árboles, donde duermen ellas por la noche.

—¡Qué maravilla! —exclamó Wendy con tanto anhelo que la señora Darling la sujetó con fuerza.

—Pensaba que habían muerto todas las hadas —dijo la señora Darling.

—Siempre hay montones de hadas jóvenes —explicó Wendy, que ahora era una autoridad en el tema—, porque cuando un nuevo bebé se ríe por primera vez, nace un hada nueva, y como siempre hay bebés nuevos, siempre hay hadas nuevas. Viven en nidos en las copas de los árboles, y las de color malva son chicos y las blancas, chicas, y las azules sólo son pequeñas tontas que no están seguras de lo que son.

—Me divertiré mucho —dijo Peter, mirando a Wendy.

—Estarás muy solo por la noche —dijo ella—, cuando te sientes junto a la chimenea.

—Tendré a Campanilla.

—Campanilla no te servirá de mucho —le recordó con cierta aspereza.

—¡Astuta cuentista! —gritó Campanilla desde algún lugar a la vuelta de la esquina.

—No importa —dijo Peter.

—Oh, Peter, sabes que importa.

—Bueno, pues entonces, vente conmigo a la casita.

—¿Puedo, mamá?

—Desde luego que no. Te tengo en casa de nuevo, y tengo intención de conservarte aquí.

—Pero necesita tanto una madre.

—También tú, cariño.

—Oh, está bien —dijo Peter, como si se lo hubiera pedido por mera cortesía, pero la señora Darling vio una contracción nerviosa en su boca y le hizo esta atractiva oferta: permitir a Wendy ir con él una semana cada año para hacer la limpieza de primavera. Wendy hubiera preferido un acuerdo más permanente, y le parecía que la primavera tardaría mucho tiempo en llegar; pero esta promesa hizo que Peter volviese a estar muy contento. Él no tenía noción del tiempo, y estaba tan lleno de aventuras que todo lo que os he contado sobre él sería tan solo una mínima parte de ellas. Supongo que porque Wendy lo sabía, las últimas palabras que le dirigió tuvieron un tono lastimero.

—¿No te olvidarás de mí, Peter, antes de que llegue la limpieza de primavera?

Por supuesto, Peter le prometió que no, y después se marchó volando. Se llevó consigo el beso de la señora Darling. El beso que no había sido para nadie más lo consiguió con bastante facilidad. Divertido. Pero ella parecía satisfecha.

Todos los niños fueron a la escuela, por supuesto; la mayoría entró en la clase de tercero, pero a Slightly le pusieron al principio en la clase de cuarto y luego en la de quinto. La de primero es la más alta. Antes de haber ido a la escuela una semana se dieron cuenta de lo tontos que habían sido por no haberse quedado en la isla, pero ahora era demasiado tarde, y pronto se acostumbraron a ser niños normales como vosotros o como yo, o como el joven Jenkins. Resulta triste tener que decir que la capacidad de volar les fue abandonando poco a poco. Al principio, Nana les ataba los pies a los barrotes de la cama para que no huyeran volando por la noche, y una de sus diversiones durante el día era fingir que se caían de los autobuses, pero poco a poco fueron dejando de tirar de sus ataduras en la cama, y descubrieron que se hacían daño cuando se tiraban del autobús. Con el tiempo, ni siquiera volaban detrás de sus sombreros. Falta de práctica, lo llamaban; pero lo que realmente significaba era que ya no creían.

Michael creyó durante más tiempo que los demás muchachos, aunque se burlaban de él; de modo que estaba con Wendy cuando Peter vino a por ella al finalizar el primer año. Se fue volando con Peter, y llevaba puesto el vestido de hojas y bayas que había tejido en el País de Nunca Jamás. Su único temor era que él se diera cuenta de lo corto que se le había quedado, pero nunca se dio cuenta, pues tenía mucho que contar sobre sí mismo.

Ella había esperado con ilusión tener emocionantes conversaciones sobre los viejos tiempos, pero las nuevas aventuras habían desplazado de su mente a las antiguas.

—¿Quién es el capitán Hook? —le preguntó con interés cuando ella le habló de su archienemigo.

—¿No te acuerdas de cómo le mataste y nos salvaste a todos la vida? —preguntó asombrada.

—Me olvido de ellos después de matarlos —respondió con aire despreocupado.

Cuando expresó la dudosa esperanza de que Campanilla se alegrara de verla, dijo él:

—¿Quién es Campanilla?

—Oh, Peter —dijo estupefacta, pero ni siquiera cuando se lo explicó pudo acordarse él.

—Hay muchas de ellas —dijo—. Supongo que ya no está.

Supongo que Peter tenía razón, pues las hadas no viven mucho tiempo, pero son tan pequeñas que un breve espacio de tiempo les parece mucho tiempo.

Wendy también se entristeció al descubrir que aunque había transcurrido un año, para Peter era ayer. A ella le había parecido un año de espera muy largo, pero él era exactamente tan fascinante como siempre, y pasaron una maravillosa primavera limpiando la casita sobre las copas de los árboles.

Al año siguiente no vino a por ella. Le esperó con un vestido nuevo porque el viejo simplemente ya no le valía, pero él no vino.

—Tal vez esté enfermo —dijo Michael.

—Sabes que nunca está enfermo.

Michael se acercó a ella y le susurró con un estremecimiento: «¡A lo mejor no existe tal persona, Wendy!», y entonces Wendy habría llorado si Michael no hubiese estado llorando.

Peter vino para la siguiente limpieza de primavera, y lo extraño era que nunca supo que se había saltado un año.

Esa fue la última vez que la niña Wendy le vio. Durante un poco más de tiempo ella intentó por el bien de él no tener dolores del crecimiento, y pensó que le era desleal cuando recibió un premio de cultura general. Pero fueron pasando los años sin que el despreocupado muchacho viniera, y cuando volvieron a verse, Wendy era una mujer casada, y para ella Peter no era más que un poco de polvo en la caja en la que había guardado sus juguetes. Wendy había crecido. No tenéis que sentir lástima por ella. Ella era una de esas personas a las que les gusta crecer. Al final crecía por propia voluntad un día más deprisa que las demás chicas.

Para entonces, todos los niños habían crecido y trabajaban; de modo que apenas merece la pena contar nada más sobre ellos. Podríais ver a los gemelos, a Nibs y a Curly cualquier día yendo a la oficina, llevando cada uno de ellos una cartera y un paraguas. Michael es maquinista. Slightly se casó con una dama con título nobiliario, y por tanto llegó a ser lord. ¿Veis a ese juez con peluca que sale por la puerta de hierro? Es el que antes era Tootles. El hombre de barba que no sabe ningún cuento para contarles a sus hijos antes era John.

Wendy se casó con un vestido blanco que llevaba un fajín rosa. Resulta extraño pensar que Peter no se posara en la iglesia e impidiera las amonestaciones.

Siguieron transcurriendo los años y Wendy tuvo una hija. Esto no debería escribirse con tinta sino con letras doradas.

Se llamaba Jane, y siempre tuvo una extraña mirada inquisitiva, como si desde el momento en el que llegó al mundo deseara hacer preguntas. Cuando tuvo edad suficiente para hacerlas, la mayoría eran sobre Peter Pan. Le encantaba oír hablar de Peter, y Wendy le contaba todo lo que era capaz de recordar en la misma habitación en la cual había tenido lugar el famoso vuelo. Ahora era la habitación de Jane, pues su padre se la había comprado al tres por ciento al padre de Wendy, a quien ya no le gustaban las escaleras. La señora Darling estaba ahora muerta y olvidada.

Ahora sólo había dos camas, la de Jane y la de su niñera. No había perrera, pues Nana también había fallecido. Murió de vieja, y al final había sido bastante difícil llevarse bien con ella, pues estaba firmemente convencida de que nadie sabía cómo cuidar a los niños, excepto ella.

Una vez a la semana la niñera de Jane tenía la tarde libre, y entonces era Wendy quien acostaba a Jane. Esa era la hora de los cuentos. Fue invención de Jane levantar la sábana por encima de su cabeza y la de su madre, formando así una tienda de campaña, y susurrar en la terrible oscuridad:

—¿Qué ves ahora?

—Creo que no veo nada esta noche —dice Wendy, con la sensación de que si Nana estuviera allí se opondría a seguir la conversación.

—Sí, sí que ves —dice Jane—. Ves cuando eras una niña pequeña.

—De eso hace mucho tiempo, cariño —dice Wendy—. ¡Ay, cómo vuela el tiempo!

—¿Vuela como volabas tú cuando eras pequeña? —pregunta la astuta niña.

—¡Como volaba yo! Sabes Jane, algunas veces me pregunto si realmente volé alguna vez.

—Sí que lo hacías.

—¡Los viejos tiempos en los que sabía volar!

—¿Por qué no sabes volar ahora, mamá?

—Porque ya soy mayor, cariño. Cuando la gente crece, olvida cómo se hace.

—¿Por qué se olvida cómo se hace?

—Porque ya no son alegres, ni inocentes, ni inconscientes. Sólo los que son alegres, inocentes e inconscientes pueden volar.

—¿Qué es ser alegre, inocente e inconsciente? Ojalá yo fuera alegre, inocente e inconsciente.

O tal vez Wendy admita que sí ve algo.

—Creo —dice ella— que es este cuarto.

—Creo que sí —dice Jane—. Continúa.

Y se embarcan ahora en la gran aventura de la noche en la que Peter entró volando en busca de su sombra.

—El muy tonto —dice Wendy— intentaba pegársela con jabón, y cuando no fue capaz empezó a llorar, y eso me despertó, y se la cosí yo.

—Te has saltado un poquito —interrumpe Jane, que ahora se sabe la historia mejor que su madre—. Cuando le viste sentado en el suelo llorando, ¿qué dijiste?

—Me incorporé en la cama y dije: «Niño, ¿por qué lloras?».

—Sí, eso fue —dice Jane, con un gran suspiro.

—Y luego nos llevó volando al País de Nunca Jamás con las hadas, y los piratas, y los pieles rojas, y la Laguna de las Sirenas, y la casa subterránea, y la casita.

—¡Sí! ¿Qué era lo que más te gustaba?

—Creo que lo que más me gustaba era la casa subterránea.

—A mí también. ¿Qué fue lo último que te dijo Peter?

—Lo último que me dijo fue: «Espérame siempre, y entonces alguna noche me oirás cacarear».

—Sí.

—Pero, ¡ay!, se olvidó de mí —dijo Wendy con un sonrisa. Así era de adulta ya.

—¿Cómo sonaba su cacareo? —preguntó Jane una noche.

—Era así —dijo Wendy, intentando imitar el cacareo de Peter.

—No era así —dijo Jane con gravedad—. Era así —y lo hizo mucho mejor que su madre.

Wendy se sobresaltó un poco.

—Cariño, ¿cómo lo sabes?

—Lo oigo con frecuencia mientras duermo —dijo Jane.

—Ah, sí, muchas niñas lo oyen mientras duermen, pero yo soy la única que lo oía despierta.

—¡Qué suerte! —dijo Jane.

Y entonces una noche se produjo la tragedia. Era la primavera de aquel año y ya se había contado el cuento de aquella noche. Jane dormía ahora en su cama. Wendy estaba sentada en el suelo, muy cerca del fuego para poder ver mientras zurcía, pues no había otra luz en el cuarto; y mientras estaba zurciendo oyó un cacareo. Entonces la ventana se abrió de golpe como antaño y Peter se posó en el suelo.

Estaba exactamente igual que siempre, y Wendy se dio cuenta enseguida de que todavía tenía todos sus dientes de leche.

Era un niño, y ella era una adulta. Se acurrucó junto al fuego sin atreverse a moverse, sintiéndose impotente y culpable, una mujer adulta.

—Hola, Wendy —dijo él, sin advertir ninguna diferencia, pues estaba pensando sobre todo en sí mismo, y en la penumbra su vestido blanco podría haber sido el camisón con el que la vio por primera vez.

—Hola, Peter —respondió débilmente, encogiéndose todo lo posible para parecer más pequeña. Algo en su interior gritaba: «Mujer, mujer, sal de mí».

—¡Eh!, ¿dónde está John? —preguntó, al echar de menos de repente la tercera cama.

—John no está aquí ya —dijo entrecortadamente.

—¿Michael está dormido? —preguntó él, echando un vistazo a Jane con aire despreocupado.

—Sí —respondió Wendy, y sintió que no era sincera ni con Jane ni con Peter—. Ese no es Michael —dijo rápidamente, no fuera a ser que le cayera un castigo.

Peter miró.

—Eh, ¿es alguien nuevo?

—Sí.

—Niño o niña.

—Niña.

Seguro que ahora comprendería Peter, aunque no fuera mucho.

—Peter —dijo ella, titubeando—, ¿estás esperando que me vaya volando contigo?

—Por supuesto, para eso he venido —añadió él un poco serio—. ¿Has olvidado que es la época de la limpieza de primavera?

Wendy sabía que resultaría inútil decirle que había dejado pasar muchas épocas de limpieza de primavera.

—No puedo ir —dijo con aire de disculpa—. Se me ha olvidado volar.

—Pronto te enseñaré otra vez.

—Oh, Peter, no desperdicies polvo de hada conmigo.

Wendy se había levantado y por fin ahora le asaltó un temor a él.

—¿Qué es esto? —preguntó, encogiéndose.

—Encenderé la luz —dijo ella—, y entonces podrás verlo por ti mismo.

Fue casi la única vez en su vida, que yo sepa, que Peter sintió miedo.

—¡No enciendas la luz! —gritó él.

Wendy acarició con sus manos el cabello de aquel trágico muchacho. Ella no era una niña a la que él rompiera el corazón; era una mujer adulta que sonreía a todo, pero eran sonrisas que humedecían sus ojos.

Entonces encendió la luz y Peter la vio. Dio un grito de pena, y cuando aquella criatura alta y hermosa se inclinó para cogerle en brazos, él retrocedió bruscamente.

—¿Qué es esto? —volvió a preguntar él.

Ella tuvo que decírselo.

—Soy mayor, Peter. Tengo muchos años más de veinte. Crecí hace mucho tiempo.

—¡Me prometiste que no lo harías!

—No pude evitarlo. Soy una mujer casada, Peter.

—No, no lo eres.

—Sí, y la niña que está en la cama es mi hija.

—No, no lo es.

Pero Peter supuso que sí lo era, y dio un paso hacia la niña dormida con su puñal levantado. Por supuesto, no la atacó. En su lugar, se sentó en el suelo y sollozó. Wendy no sabía cómo consolarle, aunque tan fácilmente podía hacerlo en otro tiempo. Ahora tan sólo era una mujer, y salió corriendo de la habitación para intentar pensar.

Peter continuó llorando, y pronto sus sollozos despertaron a Jane. Se incorporó en la cama y sintió curiosidad de inmediato.

—Niño —dijo—, ¿por qué lloras?

Peter se levantó y le hizo una reverencia, ella le hizo una reverencia desde la cama.

—Hola —dijo él.

—Hola —dijo Jane.

—Me llamo Peter Pan —le dijo.

—Sí, lo sé.

—He venido a por mi madre —explicó—, para llevarla al País de Nunca Jamás.

—Sí, lo sé —dijo Jane—, te estaba esperando.

Cuando Wendy regresó con poca seguridad en sí misma, encontró a Peter sentado en el barrote de la cama cacareando gloriosamente, mientras Jane, en camisón, volaba por la habitación extasiada.

—Es mi madre —explicó Peter, y Jane descendió y se quedó al lado de Peter, con esa mirada en su rostro que le gustaba ver a él en las damas cuando le miraban.

—¡Necesita tanto una madre! —dijo Jane.

—Sí, lo sé —admitió Wendy bastante apesadumbrada—, nadie lo sabe mejor que yo.

—Adiós —dijo Peter a Wendy, elevándose en el aire, y elevándose con él la desvergonzada Jane. Ya era su forma más fácil de moverse.

Wendy se precipitó hacia la ventana.

—¡No, no! —exclamó.

—Es para la limpieza de primavera —dijo Jane—; quiere que le haga siempre la limpieza de primavera.

—Si pudiese ir con vosotros... —suspiró Wendy.

—Sabes que no puedes volar —dijo Jane.

Al final Wendy les dejó irse volando juntos, por supuesto. La última vez que la vemos es asomada a la ventana, observándoles mientras van desapareciendo en el cielo hasta que son tan pequeños como las estrellas.

Al mirar a Wendy, es posible que veáis que su cabello se vuelve blanco, y su figura vuelve a ser pequeña, puesto que todo sucedió hace mucho tiempo. Jane es ahora una adulta normal y corriente, y tiene una hija que se llama Margaret; y al llegar la época de limpieza de primavera, excepto cuando se le olvida, Peter viene a buscar a Margaret y se la lleva al País de Nunca Jamás, donde ella le cuenta historias sobre él mismo, que él escucha con entusiasmo. Cuando Margaret crezca tendrá una hija, que a su vez será la madre de Peter, y así seguirá siendo siempre, mientras los niños sean alegres, inocentes e inconscientes.

ÍNDICE